Paul Hirschberger

**Der edle Pole**

Schwank in drei Akten

Paul Hirschberger

**Der edle Pole**
*Schwank in drei Akten*

ISBN/EAN: 9783743344549

Hergestellt in Europa, USA, Kanada, Australien, Japan

Cover: Foto ©Andreas Hilbeck / pixelio.de

Manufactured and distributed by brebook publishing software (www.brebook.com)

Paul Hirschberger

**Der edle Pole**

**Als Manuscript vervielfältigt.**

Ueberſetzungsrecht für alle anderen Sprachen vorbehalten.

Für ſämmtliche Bühnen im ausſchließlichen Debit der Verlags=firma **A. Entſch** in Berlin. Von dort aus iſt allein das Recht der Aufführung zu erwerben.

**Paul Hirſchberger.**

---

# Der edle Pole.

## Schwank in drei Acten

### Paul Hirſchberger.

Mit Benutzung einer Idee von Paul Bliß.

Zum erſten Male mit durchſchlagendem Erfolg aufgeführt am Reſidenz-Theater zu Wiesbaden. Direktion Dr. Rauch.

---

Alle Rechte vorbehalten.
**Ent. at Stat. Hall, London.**
Berlin 1899.

Für Oesterreich-Ungarn beliebe man sich an meinen Rechtsvertreter Herrn **Dr. O. F. Eirich**, Hof- und Gerichts-Advokat, **Wien II Pratergasse 38**, zu wenden.

---

Dieses Manuscript darf von dem Empfänger weder verkauft, noch verliehen noch sonst irgendwie weitergegeben werden, widrigenfalls die gerichtliche Verfolgung wegen Mißbrauchs und resp. Schadloshaltung des Autors beantragt wird.

**Berlin N.W.**, Neue Wilhelmstraße 1.

**A. Entsch,**
Inhaber: **Theodor Entsch**
bevollmächtigter Vertreter des Autors.

## Personen.

Rudolf Hoffmann.
Clotilde, seine Frau.
Hans Bergen, ihr Sohn erster Ehe.
Dr. Max Werner, Rechtsanwalt.
Louise, seine Frau.
Bruno Heyden, Banquier.
Elsa, seine Frau.
Fürst Bogumil Lausky.
Baron von Sternthal.
Diane Oliva.
Prezsinsky.
Franz, Diener, } bei Werners.
Marie, Dienstmädchen. }
Lili, Zofe bei Diane Oliva.

＃ Erster Akt.

Behaglich und elegant eingerichtetes Zimmer bei Werner. An einer Stelle der Bühne ist die Versenkung geöffnet, davor steht eine Treppenbalustrade, als ob eine Treppe aus dem unteren Stockwerk in das obere führe.

## Erste Scene.

**Franz, Marie** dann **Clotilde.**

Franz. So!! Nun noch die Briefe und Depeschen auf den Platz des Herrn und der Frühstückstisch ist fertig. (Legt sie auf den Kaffeetisch).

Marie (seufzt). Ach Franz!

Franz. Was denn mein Schatz?

Marie. Wenn wir erst unsern eigenen Frühstückstisch haben werden!

Franz. Das dauert ja nicht mehr lange, dann bist Du meine Frau. Soll das ein Leben werden! (küßt sie).

Marie (erschrocken). Aber Franz — wenn die Gnädige käme —

Franz. Dann würde sie allerdings ungnädig werden!

Marie. Und die Schwiegermutter — strenger Befehl — keine Zärtlichkeiten im Salon!

Franz. Reservirt für die Herrschaften! — aber sie machen keinen Gebrauch davon.

Marie. Ja in letzter Zeit hat's öfter so'nen kleinen Krach zwischen ihnen gegeben — — die Gnädige hatte öfter verweinte Augen.

Franz. Na weißt Du, ein Wunder ist es nicht — wohnen die hier mit den Schwiegereltern zusammen in einem Haus!

**Als Manuscript gedruckt.**

Marie. Ja und die Alte hat sogar eine Treppe machen lassen, die aus ihrer Etage in diese heraufführt —

Franz. Da erscheint sie denn wie des Teufels Großmutter aus der Unterwelt — sobald die junge Frau ruft (copirt sie mit Fistelstimme) Mama!!!

Clotilde (ruft von unten). Ja mein Kind, ich komme gleich — —!! — —

Marie (erschrocken). Ach Du lieber Gott!!!!

Franz. Sie ist schon aufgestanden!!!

Clotilde (taucht aus der Treppe auf, sie hat den Kopf voll Lockenwickel, sehr erstaunt.) Ja wo ist denn meine Tochter?

Franz. Ach Gott, gnädige Frau — ich habe — ich wollte —

Clotilde. (scharf) Sie haben sich wohl einen schlechten Scherz erlaubt? Was?

Marie. Gnädige Frau — ich —

Clotilde. Es wird wirklich die höchste Zeit, daß Ihr beide aus dem Hause kommt, ich werde nachher mit meiner Tochter reden — eine solche Frechheit ist mir noch nicht vorgekommen — (Geht hinunter.)

Franz. (leise mit Handbewegung) Grollend ab in die Tiefe!!!

Marie. Ach Gott Franz — sie wird uns wegschicken!

Franz. (lustig) Was thut's — dann werden wir eben ein Jahr früher glücklich!

Marie. Aber der schöne Lohn!

Franz. Nun dafür gebe ich Dir dann täglich zehn Küsse mehr — dann gleicht's sich aus. (Küßt sie.)

## Zweite Scene.

### Vorige. Luise.

Louise. (von links) Genirt Euch nur nicht — ich bin's ja nur! —

Franz. Ha! }
Marie. Ha! } fahren auseinander)

Franz. (für sich) Das ist ein Pechtag heute! (laut) Die Marie hatte solche Zahnschmerzen

Louise. Und die wollten Sie wohl mit Simpathie kuriren — (setzt sich an den Caffeetisch)

Marie. Ach gnädige Frau, es soll nicht mehr vorkommen!

Louise. *Wir reden nachher darüber — jetzt bringen Sie das Frühstück, der Herr wird gleich kommen.*

Franz. Jawohl! (im Abgehen) siehst Du, sie ist garnicht so schlimm.

### Dritte Scene.

#### Louise dann Max

Louise. Ein beneidenswerthes Mädel die Marie. Sie weiß wenigstens, daß sie geliebt wird — kann ich das noch von mir sagen? —

Max. (von rechts, sehr liebenswürdig, aber eilend, Geschäft im Kopf.) Guten Morgen, mein Schatz — gut geschlafen — sieh da Briefe und eine Depesche (öffnet sie) Du erlaubst wohl! Aha! wegen des Prozesses Hollenbach contra Mergenthin. Hollenbach will keinen Vergleich! — sondern — — (setzt sich auf's Sopha).

Marie. (bringt Kaffeekanne von links, dann links ab).

Louise. Aber lieber Mann — so laß doch wenigstens beim Kaffee Deine Acten ruhen. Ich habe Dich ja so nur zu den Mahlzeiten!

Max. (lesend und kaffeetrinkend) Aber liebes Kind, ich kann doch meine Praxis nicht vernachlässigen.

Louise. Du darfst aber auch Deine Frau nicht vernachlässigen —

Max. Aber ich bitte Dich — bin ich nicht ein liebenswürdiger, aufmerksamer Ehemann? Kann man rücksichtsvoller sein wie ich? Deine Mutter wohnt in einem Hause mit uns. Sogar diese Verbindungstreppe habe ich machen lassen, na mehr kann man doch nicht verlangen!

Louise. Du weißt, daß Mama niemals zu uns kommt, wenn sie nicht gerufen wird.

Max Ja! Aber Du rufst ein bischen viel!

Louise. Soll das ein Vorwurf sein?

Max. Ach nein, liebes Kind, ich wollte auch nur sagen, daß ich Dir jeden einigermaßen vernünftigen Wunsch erfülle.

Louise. So? Und die kleine Villa in Halensee, die mir so gefällt — hast Du sie mir gekauft?

Max. Liebes Kind, das ist kein vernünftiger Wunsch — dazu gehört unvernünftig viel Geld und das habe ich nicht —.

Louise. (bitter) Wenigstens nicht für mich!

Max. Was soll das heißen?

Louise. Du wirst mich schon verstehen — Oh! ich merke es schon lange, daß Du kälter und kälter zu mir wirst — ob Du liebst mich nicht mehr (steht auf, setzt sich an den Nähtisch)

Max. Aber Kind — wie kommst Du auf solche Gedanken? (bei seite) Sollte sie etwas gemerkt haben — (geht zu ihr) das ist nicht recht! Sieh das Herz einer Frau soll vor ihrem Manne daliegen wie ein aufgeschlagenes Buch —.

Louise. Und Dein Herz ist ein zehnfach verschlossener Geldschrank —

Max. In den Du Dich aber doch hineingestohlen hast? (will sie umarmen.) Wie kommst Du nur auf derartige Gedanken.

Louise (fängt an zu weinen). Oh mein Herz sagt mir — Du liebst eine Andere — ach, ich bin eine unglückliche Frau (weint).

Max. Aber liebes Kind —

### Vierte Scene.

**Vorige. Marie** von links.

Marie. Dies ist eben vom Juwelier abgegeben worden.

Max (erfreut) Geben Sie her! (bei Seite) Das war Hilfe in der Noth.

Marie (abgehend, sieht Louise die ihre Thränen trocknet) Da hat's wieder einen Krach gegeben.

Max. Hier liebes Kind — — da überzeuge Dich nun, wie grundlos all Deine Verdächtigungen und Anklagen gegen mich sind — der Ring, der Dir so sehr gefallen hat — hier ist er!

Louise (ungläubig) Der Ring? —

Max. — mit dem blauen Herzen und dem Diamantpfeil — jawohl. —

Louise (nimmt ihn) Wirklich? (fällt ihm um den Hals) Ach Du lieber, lieber Mann — Du liebst mich also doch noch ein Bischen?

**Max** (zärtlich) Ein Bischen? Nein!! Aber ganz fürchterlich! Wie am Tage unserer Hochzeit!

**Louise.** Darf ich Dir wirklich glauben, mein Max?

**Max.** Aber gewiß, mein Schatz!

**Louise.** Ich thue es ja so gern!! Ich habe Dich ja so lieb!!

**Max.** Nun also! (küßt sie) Der Frieden wieder geschlossen?

**Louise.** Hoffentlich für immer!!

**Max** (scherzend) Sicherlich! (auf den Ring deutend) Die Kriegskosten wären mir auch auf die Dauer zu hoch!

**Louise.** Lange nicht hoch genug! Du lieber, böser Mann!

**Max** (macht sich los) Aber jetzt, liebes Kind, ist es die höchste Zeit, daß ich auf mein Bureau gehe!

**Louise.** Bleib nicht zu lange heute, Max —

**Max.** Nein, wenn möglich mache ich mich heute früh frei und wir machen dann eine kleine Spazierfahrt zusammen.

**Louise.** Das wäre reizend, wir fahren nach Halensee und sehen uns einmal die Villa an! Mama nehmen wir auch mit?

**Max** (bei Seite) Sie läßt nicht locker! (laut) Na wollen mal sehen. Auf Wiedersehen mein Schatz!!!! (küßt sie, dann ab rechts.)

**Louise** (sieht ihren Ring an) Es ist doch ein prächtiger Mann — ich glaube, ich habe ihm Unrecht gethan mit meinem Verdacht!! Nun ist mir's sehr unangenehm, daß ich meiner Mutter von meinem Verdacht etwas gesagt habe, ich muß es ihr auszureden versuchen. (geht an die Treppe und ruft) Mama!!!!

## Fünfte Scene.
### Louise. Clotilde.

**Clotilde** (von unten). Jawohl mein Kind, ich komme gleich — (steigt empor, sehr überschwänglich) Mein Kind, mein armes Kind!! (umarmt sie) Du bist also unglücklich! Nun habe ich es nicht vorausgesagt — — mit diesem Menschen —

**Louise.** Aber —

**Clotilde.** (läßt sie nicht zu Worte kommen) Sage nichts, mein armes Kind, Deine Mutter versteht Dich — man sieht

Als Manuscript gedruckt.

Dir ja die durchwachten Nächte an Deinem vergrämten Gesichte an —

Louise. Aber —

Clotilde (wie oben). Sage nichts, mein Kind — Deine Mutter versteht Dich auch so — Du bist unglücklich!!! Du vermuthest also, daß Max eine Geliebte hat?

Louise. Ja ich hatte Verdacht — — — — aber jetzt bin ich überzeugt, daß es nicht der Fall.

Clotilde. Aha! Er hat Dich mit Liebenswürdigkeit umgarnt, Deine Wachsamkeit eingeschläfert — Bei mir verfangen seine Künste nicht so leicht. (Setzen sich beide an den Mitteltisch, Clotilde zuerst.)

Louise. Aber Mama — Max ist unschuldig.

Clotilde. Paperlapap — Die Männer taugen alle nichts und Deiner erst recht nicht —

Louise. Dann wirst Du bald die Gewißheit haben, daß Du Dich irrst. Ich erwarte nämlich den Privatdetectiv, durch den ich ihn seit einiger Zeit beobachten ließ!

Clotilde. So ist's recht! Und was hat der brave Mann Dir bis jetzt gemeldet?

Louise. Nichts — oder doch nur sehr wenig. Max verkehrt mit der spanischen Tänzerin Oliva, besucht sie in der Villa, derselben Villa, die ich mir so sehr gewünscht habe und die Max zu theuer war.

Cotilde. Und diese Person hat sie? — Empörend! Und Du glaubst, das gehe alles so unschuldig her, ich werde Licht in die Sache bringen und Dir die Villa verschaffen.

Louise. Was willst Du thun, Mama?

Clotilde. (nachdenkend) Was ich thue —? Das Beste ist, man faßt den Stier bei den Hörnern.

Louise. Wie meinst Du das?

Clotilde. Ich gehe hin zu dieser Person und Du gehst mit!

Louise. Ich — niemals!!

Clotilde. In meiner Begleitung hast Du nichts zu fürchten.

Louise. Du hast doch Papa von meinem Verdacht gegen Max nichts gesagt?

Clotilde. Kein Wort. Der würde seinem Herrn Schwiegersohn nur die Stange halten. Würde womöglich selbst zu dieser Oliva gehen wollen. Das könnte mir fehlen!! Nun gieb mir die näheren Angaben betreffs dieser Villa — Dame.

Louise. Sie wohnt Villa Oliva, Halensee, Lindenallee 16.

Clotilde. Warte mal, ich will mir die Adresse aufschreiben. (Schreibt sie auf einen Block, den sie auf dem Schreibtisch liegen läßt).

## Sechste Scene.
### Vorige. Marie dann Preszinsky.

Marie. (von links meldet) Der Herr von der Kleinkinderbewahranstalt.

Louise. (leise zu Clotilde) Das ist der Detectiv! Unter diesem Namen hat er sich hier eingeführt, um keinen Verdacht zu erregen, wenn mein Mann ihn treffen sollte. (laut) Ich lasse bitten.

Marie. (läßt eintreten, sieht ihn an) Komischer Kauz — dieser Kinderbewahronkel! (dann ab).

Preszinsky. (langer schwarzer Rock, blonde lange Haare, in der Mitte gescheitelt, stottert sehr stark, wenn er ein Wort garnicht herausbringen kann, klopft er sich gegen den Hinterkopf, darauf schnallzt er 2 mal mit der Zunge, dann spricht er sehr schnell). M — m — meine Da — Damen — i — ich — habe die Ehre!

Louise (stellt vor). Meine Mutter. — Sie dürfen ganz offen reden, sie ist in alles eingeweiht.

Preszinsky. Sehr angenehm! Mein N—N—N— Name — ist — P—P—P—Prez—Prez—Preszinsky!

Clotilde (hat erschrocken zugesehen). Wie ist Ihr werther Name?

Preszinsky. I—ch —b—b—b—bin froh — daß ich ihn — einmal raus — habe!

Clotilde. Sagen Sie mal, ist dieser Sprachfehler nicht hinderlich in ihrem Gewerbe?

Preszinsky. O b—b—b—bitte, im Gegentheil —

Clotilde. Im Gegentheil?

Preszinsky. Niemand verm—mu—mu—muthet in mir einen Detectiv.

Clotilde. Aha! — Deswegen tragen Sie sich auch so eigenthümlich. Ich hätte sie eher für einen Pastorskandidaten gehalten.

Prezzinsky. Wie ein P—P—P—Pastors — —k— k—kandidat. Dafür werde ich auch immer gehalten.

Louise. Unter dieser Maske kommt der Herr auch zu mir, vom Vorstand der Kinderbewahranstalt, wo ich Mitglied bin.

Clotilde. Nun erzählen Sie, haben Sie etwas entdeckt?

Prezzinski (nimmt einen Zettel heraus). B—B—bitte!

Louise (liest). Gegen 3—¼4 Uhr kam Herr Dr. Max Werner in die Villa der Oliva, Handkuß bei der Begrüßung, war im rothen Salon, trank mit ihr Kaffee, 2 Cognac fine Champagne, rauchte eine Bock —

Clotilde. Woher wissen Sie denn das so genau?

Prezzinsky. Ich h—h—h—habe ja selbst servirt!

Clotilde. Sie selbst?

Prezzinsky. Ich habe mich als D—Diener bei der Oliva engagiren lassen —

Louise. Ah — in der That?

Clotilde. Mit den langen Haaren — als Diener?

Prezzinsky. Das ist nur P—P—P—Perrücke. (Klopft sich gegen den Hinterkopf und nimmt die Perrücke ab, hat darunter eine schwarze Malcontentperrücke).

Clotilde und Louise (fahren zurück). Ha! Ha!

Prezzinsky (setzt die Perrücke schnell wieder auf). Schon wieder gut!!

Clotilde. (bei Seite). Merkwürdiger Mensch! Doch lies den Bericht weiter.

Louise (liest). Dann eine leise Unterhaltung, dann ein Kuß. — Ein Kuß?!!!?

Clotilde. Ein Kuß?

Louise (lesend). Auf die Hand —

Clotilde. So!! so!! Nun bis jetzt ist der Verkehr nicht schlimm zwischen den beiden!

Louise. Mir ist es grade genug, oder verlangst Du in Gegenwart des Dieners noch mehr? Er hintergeht mich also doch! Was thun? — Was thun? Ach — Mama wie bin ich unglücklich!

Clotilde. Ich werde dieser Oliva schreiben und ihr mittheilen, daß wir sie dringend zu sprechen wünschen, dann bekomme ich schon alles heraus —

Louise. Hier hast Du alles zum Schreiben —

Clotilde. Danke. Geh nur Kind und mache Dich fertig zum Ausgehen! Ich erwarte Dich nachher unten bei mir!

Louise. Ach Mama! Und ich habe ihn doch so lieb.

Clotilde. Nur Muth — ich bringe Alles wieder in's Geleise.

Louise (links ab).

Clotilde (zu Prezjinsky). Sie sind wohl so liebenswürdig einen Brief mitzunehmen, den ich gleich schreiben werde. Bitte Platz zu nehmen!

Prezjinsky. Danke!

Clotilde. Ich bin gleich fertig. (Am Schreibtisch).

## Siebente Scene.

**Vorige. Rudolph Hoffmann.**

Hoffmann. (mit vielen Packeten und Schachteln beladen, legt sie auf den Mitteltisch ab, wischt sich den Schweiß.) Puh ist das 'ne Hitze! Clotildeken, ich hoffe, Du wirst zufrieden sein. Ich habe alles besorgt — die neuen Haare — das Corset!

Clotilde (ist erschreckt aufgesprungen) Rudolph, siehst Du denn nicht —

Hoffmann. (dreht sich um) Ach — pardon (sich vorstellend) Rudolph Hoffmann —

Prezjinsky. P — P — Prezj — Prezjinsky!

Hoffmann. Pröstchen! Pröstchen! Sie haben sich bös erkältet?

Clotilde. (verstellend) Der Herr Pastorskandidat aus der Kleinkinderbewahranstalt!

Hoffmann. (erstaunt) Ach! sehr angenehm! (zu Clotilde) Was will denn der bei Dir? Herr Gott, Clotilde — — solltest Du am Ende — ?

Clotilde. Ach laß Deine unzeitigen Witze! Du kommst übrigens erstaunlich früh — bist wohl wieder Droschke gefahren? Du weißt doch, daß der Arzt Dir Bewegung verordnet hat.

Hoffmann. Ja leider — —.

**Als Manuscript gedruckt.**

Clotilde. Zeig mal Deinen „Schrittmesser" her?

Hoffmann (giebt ihr den Schrittmesser aus der Westentasche, für sich) Die reine Controluhr, das Ding!!!

Clotilde (sieht ihn an.) Nun natürlich — Kaum $1/2$ Kilometer bist Du gegangen, bist wohl wieder die übrige Zeit auf Abwege gewesen?

Hoffmann. Aber Clotilde — der Herr Pastorskandidat!! — —

Clotilde. Ach was, der Herr Candidat kommt in vielen Familien herum, der kennt das!

Prezjinsky. Jawohl — — ü — ü — überall dasselbe.

Hoffmann (zu Prezjinsky) Womit können wir übrigens dienen Herr? — Wie war doch Ihr Name?

Prezjinsky. Prez — Prez — Prezjinsky —

Hoffmann. Sie sollten doch was für Ihre Erkältung thun!

Clotilde. Der Herr Candidat sammelt Beiträge für die Anstalt!

Hoffmann. So! So! Dann gestatten Sie mir, Ihnen auch mein kleines Scherflein beizusteuern (zieht sein Portemonnaie)

Clotilde (am Schreibtisch) Laß nur, ich habe schon gegeben. Ich habe hier grade die Liste. Du brauchst nichts mehr zu geben.

Hoffmann. Na so'n 20 M'chen — schadt wohl nichts — hier Herr Candidat!

Prezjinsky. D — D — d — danke ergebenst!

Hoffmann (bei seit). Er stottert? Das ist mir sehr interessant. Ach bitte, erlauben Sie mir mal Ihren Fuß.

Prezjinsky. M — m — meinen Fuß? Warum denn?

Hoffmann. Ich beurtheile die Menschen nämlich nach den Füßen. Das kommt von meinem früheren Metier her, ich war nämlich —

Clotilde. Aber das interessirt den Herrn Candidaten absolut nicht.

Prezjinsky. Oh, d — d — d — doch! (schaut auf das 20 Markstück) Sehr!

Hoffmann. Ich war früher Schuhfabrikant, — bin jetzt noch an großen Schuhfabriken beteiligt. Ich habe auch eine Broschüre geschrieben: „An den Füßen erkennt man den

Character des Menschen." Das Gegentheil von Virchow, welcher an dem Schädel den Character herauslesen will. Hier bitte! (Ueberreicht ihm eine gelbeingebundene Broschüre) Lassen sie mich mal Ihren Fuß untersuchen —

Clotilde. Laß doch den Unsinn!

Prezsinsky. Bitte — b — b — bedienen Sie sich!!!

Hoffmann. (fühlt an den Fuß) Natürlich, meine Theorie bestätigt sich glänzend! — Ich werde Virchow in den Schatten stellen! — Hier fühle mal her Clotilde, das bedeutet Stottern, diese Erhöhungen deuten ganz genau darauf hin!

Prezsinsky. (bei Seite) Das ist ein W — W — W — Wasmuthring.

Hoffmann. Der ganze Bau des Fußes zeugt vom frommen, wahrhaftigen Wesen, von edler Denkungsart —

Clotilde. (drängt ihn weg) Nun höre endlich auf! Der Herr Candidat hat wahrscheinlich nicht Zeit —

Prezsinsky. (sieht auf die 20 Mark) B — b — b — bitte für einen so liebenswürdigen Herrn immer!

Clotilde. (giebt ihm den Brief) Hier ist die Liste —

Prezsinsky. (zu Hoffmann, der seinen Fuß noch festhält) Gesta — statten Sie jetzt vielleicht m — meinen Fuß — ich — ich — brauche ihn!

Hoffmann. Ach so — war mir sehr interessant (läßt den Fuß frei).

Clotilde. (zu Prezsinsky) Also nicht vergessen!!!

Prezsinski. K — können unbesorgt sein. P — P — P — Prezsinsky — besorgt alles (ab links).

Clotilde. Mit Deiner berühmten Theorie, hast Du Dich wieder einmal gründlich blamirt.

Hoffmann. Blamirt?! Oho, ich werde Dich doch noch überzeugen —

Clotilde. Niemals — ich gebe mich zu solchem Unsinn nicht her —

Hoffmann. Unsinn — ? Da sieht man wieder die Weiber! Wenn ein berühmter Professor diese Theorie aufgestellt hätte, „An den Füßen erkennt man den Charakter des Menschen", — dann würden alle Weiber natürlich sagen, herrlich — brillant —

Clotilde. Oder auch nicht. Jedenfalls bist Du alt genug, um zu wissen, wie lächerlich Du Dich machst!!!!

Hoffmann. Ich — ich — Pah! — Was streite ich auch mit Dir über solche wissenschaftliche Dinge — —

Clotilde. Ja darin bist Du nur competent.

Hoffmann. (Kleine Pause. Ablenkend.) Wo stecken denn Louise und Max?

Clotilde. Louise zieht sich an. — Wir haben einen wichtigen Gang vor. —

Hoffmann. So, wohin denn?

Clotilde. Sei nicht so neugierig. —

Hoffmann. Gehe ich denn nicht mit?

Clotilde. Nein, Du bleibst zu Hause, bei Deinem braven, lieben Herrn Schwiegersohn, den Du Tir ausgesucht hast.

Hoffmann. Ich weiß garnicht, was Du immer an Max auszusetzen hast. Dein Sohn, der Hans, ist doch nun auch gerade kein Musterknabe.

Clotilde. O bitte, er ist ein hochtalentirter Künstler, der es noch einmal weit bringen wird. Er hat dieses Talent von meinem seligen ersten Mann geerbt.

Hoffmann. Nun ja — aber ich fürchte, daß er auch das Talent von ihm geerbt hat, sein Vermögen zu vergeuden, wenn Du nicht aufpaßt!

Clotilde. Hans ist ein solider Charakter — auf ihn kann ich mich verlassen — wenn ich mich nur so auf Dich verlassen könnte. —

Hoffmann. Erlaube mal!! — —

Clotilde. Wenn ich Dich nicht kurz halten würde, so würdest Du bei Deinen Anlagen bald im Sumpfe ersticken.

Hoffmann. Aber Clotildeken!

Clotilde. Laß diese alberne Verstümmelung meines Namens!!

Hoffmann. Du bist von einer Schärfe gegen mich, so sage mir doch wenigstens ist was passirt? Warum kommen Louise und Max nicht?

Clotilde. Ich werde Dir später alles erklären!

Hoffmann. Herrgott, ich bin doch kein Kind! — Du machtest vorhin solche Anspielung auf Max — ist da was passirt?

Clotilde. Kümmere Dich nicht um Dinge, die Dich nichts angehen!! Diese Angelegenheit werde ich in Ordnung bringen.

Hoffmann. Du?
Clotilde. Ja, ich werde handeln wie ein Mann!!
Hoffmann. Das wäre eigentlich meine Sache.
Clotilde. Du — ein Mann?! Pah! (Geht ab, die Treppe herunter.)

### Achte Scene.
#### Hoffmann. Max.

Hoffmann. Eh! diese Frau — Rasirmessersalat mit Schwefelsäure angemacht! Aber es hat hier was gegeben — das laß ich mir nicht ausreden!
Max (von rechts). Guten Tag lieber Schwiegervater.
Hoffmann. Guten Tag Max!
Max. Die liebe Schwiegermama ist nicht da?
Hoffmann (ihm nachahmend). Nein, die liebe Schwiegermama ist nicht da! Gönne mir doch die paar Minuten, wo sie nicht da ist — alter Heuchler!
Max. Aber Schwiegerpapa —
Hoffmann. Du wirst schon die Freude früh genug haben, wenn die liebe Schwiegermama kommt! —
Max. Ich verstehe Dch nicht!!!
Hofmann. Verstelle Dich nicht, Du hast irgend etwas ausgefressen! Na warte nur, meine Frau wird Dir den Standpunkt schon klar machen!
Max. Hat sie was gesagt?
Hoffmann. Gesagt hat sie nichts, aber so eigenthümliche Aeußerungen gemacht.
Max. Hm! — (Für sich.) Also hat Louise doch etwas gemerkt?
Hoffmann. Na nun gestehe nur alter Sünder — Frauenzimmergeschichten passirt? He? Ich kann Dir vielleicht heraushelfen.
Max. Ach Unsinn! — Weshalb soll ich denn immer der Sündenbock sein?
Hoffmann. Ich kenne Dich — Du hast zwei linke Füße, das ist höchst verdächtig.
Max. Kommst Du mir schon wieder mit Deiner Theorie?
Hoffmnn. Ich täusche mich nie! Du bist ein Vocativus! Also gestehe nur Alles.

Als Manuscript gedruckt.

Max. Ich habe garnichts zu gestehn. Louise und ich sind ja ganz einig! Ich habe ihr noch heute Morgen einen kostbaren Ring geschenkt, den sie sich so sehr gewünscht hat.

Hoffmann. So einen kostbaren Ring geschenkt? Hast wohl zu viel Geld?

Max. Nun unter uns — ich habe ihn nach dem Original billiger anfertigen lassen — er ist täuschend ähnlich geworden!

Hoffmann. Du bist und bleibst ein Schlaukopf, aber gemerkt muß Deine Frau was haben, denn sonst wäre meine Frau nicht so wüthend auf Dich!

Max. Die Schwiegermutter? Na denn will ich Dir lieber beichten —

## Neunte Scene.

### Vorige. Hans

Hans (von links, Künstlerkopf, idealer Mensch). Guten Tag Papa — guten Tag Max (giebt beiden die Hand).

Hoffmann. Na Junge, bist Du endlich wieder am Lande? Seit einem halben Jahre haben wir Dich nicht gesehen! Seit 14 Tagen keinen Brief gehabt, wo kommst Du denn her?

Hans. Aus Italien, wo ich mich an den Schönheiten der antiken Kunst berauschte, wo ich dichtete und componirte —

Hoffmann. Ist denn Deine Oper endlich fertig?

Hans. Das zwar nicht — aber eine Fülle der Melodien bringe ich mit, rothe, blaue, grüne!!

Max. Was? farbige Melodien?

Hans (großartig). Das verstehst Du nicht, das ist moderner Realismus — die Maler malen heute Töne, sie malen symphonische Landschaften — die Componisten sind „Tonmaler" sie componiren leuchtende Symphonien in roth oder gelb — das ist das Neueste — ich habe eine Symphonie in roth componirt — denn ich liebe — liebe ein entzückendes rosiges Weib!

Max. I das sind ja nette Geschichten?! Wie heißt denn dieses rosige Wesen oder ist sie auch nur eine rosige Einbildung Deiner etwas „grünen" Phantasie?

Hans. O bitte. Sie ist ein Engel — lebt bei einem Baron —

Max. Alle Wetter!!

Hans. Und ich bitte Dich, lieber Vater, sogleich mit mir zu ihr zu gehen, um unseren Bund zu segnen. Den Hochzeitsmarsch habe ich schon componirt — in weiß!

Hoffmann. So? Na dann ist ja das Wichtigste in Ordnung. Aber das hat ja wohl noch bis morgen Zeit — denn Du mußt doch mit der Mama sprechen.

Hans. Dann muß ich eben wie ein Mann meine Sehnsucht bezwingen — —

Max. Ja mein Junge, bezwinge sie noch ein Bischen und gehe zu Louise, sie ist dort.

Hoffmann. Wir haben noch etwas Wichtiges zu besprechen.

Hans. Wie Du wünschest mein Vater — aber erfülle meine Bitte bald — und sieh Dir das herrliche Wesen an, oh, wenn ich nur an sie denke, so rauschen die Accorde der Leidenschaft mächtig in meinem Innern! (ab links).

Hoffmann. Dann wird ihm grün und gelb vor Augen! Na diese Baronin will ich mir mal genau ansehen. Vorläufig gestehe Du nun endlich mal! (setzt sich links am Nähtisch).

Max. Es ist die spanische Tänzerin Oliva — mit der ich — vor meiner Hochzeit etwas hatte. Das Weib ist rasend verliebt und daher eifersüchtig — —

Hoffmann. Das kann ich mir denken, eine Spanierin — mit'n Dolch —

Max. Ich habe garnicht den Mut gefunden ihr von meiner Heirath zu sprechen — ich glaube, sie hätte mir die Augen ausgekratzt.

Hoffmann. Das nenne ich Rasse!

Max. Sie war lange von Berlin fort — und ist seit 4 Tagen wieder hier — sie wohnt in Halensee und ausgerechnet in der Villa die sich Louise schon so lange wünscht. Um jeden Eclat zu vermeiden, mußte ich sie besuchen. Denke Dir wenn Louise erfährt —

Hoffmann. Das ist allerdings fatal! Aber ich helfe Dir im Interesse meiner Tochter, d. h. unter einer Bedingung — daß zwischen Euch Alles aus sein muß.

2*

Max. Aber mit Freuden, lieber Schwiegervater — ich ersehne nichts Anderes!

Hoffmann. Na dann will ich mal sehen, wie ich Dich aus den Netzen dieser Person befreien kann —

Max. Das Beste wird sein, Du gehst zu ihr, sagst ihr Alles und kaufst ihr die Villa ab. Sie soll auf einige Zeit fortgehen, gieb ihr eine Abfindungssumme, dann sind wir sie los! Louise hat ihre Villa und jeder Verdacht ist beseitigt! Ich schreibe Dir gleich eine Anweisung für meinen Banquier!! Einen Augenblick — (setzt sich an den Schreibtisch seiner Frau und will schreiben — sein Blick fällt zufällig auf den Notizblock, auf welchem Clotilde die Adresse der Oliva notirt hat). — Allmächtiger — —

Hoffmann. Was giebt's?

Max. Sieh her, die Adresse der Oliva — —

Hoffmann. Die Handschrift meiner Frau — sie wissen Alles!!!

Max. Ich bin verloren, jedenfalls wollen sie hin zu ihr!

Hoffmann. Ja, meine Frau sprach von einem wichtigen Gange mit Louise!

Max. Dem müssen wir zuvorkommen, Du mußt sofort zur Oliva fahren!

Hoffmann. Wenn's nur nicht schon zu spät ist.

Max. (drängt ihn zur Thür rechts.) Nur schnell, sie dürfen die Oliva nicht zu sprechen bekommen, — biete ihr jeden Preis! —

Hoffmann. (in der Thüre rechts) Habe ich nun recht?

Max. Womit denn?

Hoffmann. Mit meiner Fußtheorie? Bist Du ein Don Juan. Ja, Deine beiden linken Füße!! Wie stehe ich nun da?

Max. Ja — ja! Aber stehe bitte nicht da — sondern mach daß Du fortkommst. (schiebt ihn zur Thüre hinaus) Gott sei Dank — jetzt kann noch alles gut werden! (will rechts ab) Ich will nur schnell — —

## Zehnte Scene.

### Max. Heyden von rechts.

Max. Ah! Sieh da Heyden — wie geht's — Weshalb das finstere Gesicht?

Heyden. Du hast mich in eine schöne Patsche gebracht! (geht rechts andauernd auf und ab).

Max. Ich — wieso denn?

Heyden. Gestern kam die Zofe der Oliva zu mir, um, wie an jedem Ersten, das Geld, welches ich für Dich auszahle, abzuholen —

Max. Na und?

Heyden. Das schnippische Ding begegnet an der Thüre meiner Frau —

Max. Um Gotteswillen! —

Heyden. Meine Frau frug natürlich und die Gans erzählt ihr, daß ihre Herrin jeden Monat von mir Geld bekäme. Nun glaubt natürlich meine Frau — ich habe ein Verhältniß mit der Oliva.

Max. Ist das eine dumme Geschichte —

Heyden. Ich verlange von Dir, daß Du meine Frau aufklärst.

Max (bei Seite). Das fehlte noch! (laut) Mein lieber Junge, habe nur keine Angst. Die Sache mit der Oliva ist aus. Mein Schwiegervater ist bereits bei ihr um Alles zu lösen.

Heyden. Das ist mir sehr lieb!

Max. Und wenn Du mir einen großen Gefallen thun willst, so gehst Du sofort auch hin und unterstützt meinen Schwiegervater!

Heyden. Aber Elsa! Sie wollte mich hier abholen!

Max. Der sage ich, daß Du einen wichtigen Geschäftsgang hast. Ich bitte Dich, überlege nicht lange, fahre sofort hin, mein Schwiegervater ist wie gesagt schon dort!

Heyden. Na meinetwegen — aber Du mußt meine Frau über die Sache aufklären. Denke daran (ab rechts vorn).

Max (ihm nachrufend). Jawohl, ich denke dran. (Zurückkommend) Denk nicht dran!!! Ich mache so schnell als möglich, daß ich fortkomme, denn hier ist mir der Boden zu heiß — (will rechts ab).

## Elfte Scene.

Max. Franz. Dann Fürst Bogumil.

Franz (kommt mit einer Karte von rechts). Dieser Herr bittet um eine Unterredung.

Als Manuscript gedruckt.

Max (unwillig). Er soll in's Bureau gehen, ich bin sehr eilig, ich will fort —

Franz. Im Bureau war er schon — er wünscht eine Privat=Unterredung.

Max (liest). Fürst Bogumil Lansky — na meinetwegen — ich lasse bitten!

Franz (ab rechts).

Max (ungeduldig). Kommt mir sehr ungelegen!

(Fürst von rechts. (Franz öffnet ihm, dann ab. Lansky spricht polnischen Dialekt, ein eleganter Mann in den vierziger Jahren, hat eine sentimental singende Sprache.)

Fürst. Mein lieber Doctor, ich bitte sie um Verzeihung, viele Male wenn ich Sie störe — aber eine wichtige Ange= legenheit — bitte um 10 Minuten Gehör. —

Max. Ich muß zwar zu einem wichtigen Termin, aber 10 Minuten habe ich noch Zeit. Bitte! — (Lädt ihn zum Sitzen ein.)

Fürst. Oh übrig Zeit genug — (setzt sich indem er den Stuhl vom Nähtisch vornimmt).

Max (setzt sich gleichfalls auf den Puff am Sophatisch, ist sehr unruhig, sieht öfter nach der Uhr ꝛc.) Womit kann ich Ihnen dienen?

Fürst. Ich werde mich sehr kurz fassen! Es war im Jahre 1879 —

Max (für sich). Und jetzt haben wir 99!

Fürst (fortfahrend). Da studirte hier in Berlin ein junger, reicher, schöner Jüngling —

Max. Erlauben Sie, hat der junge Jüngling absolut mit Ihrer Geschichte etwas zu thun?

Fürst. Aber natürlich — das war doch ich!!!!

Max. Ach so — dann bitte —

Fürst. Also — ich war jung —

Max. Reich — schön und verliebt.

Fürst. Ganz recht — verliebt! Woher wissen Sie?

Max. Aber das ist doch selbstverständlich.

Fürst. Selbstverständlich! Nicht wahr — wenn man ist jung — reich — schön —

Max. (unruhig) Schön — schön — ja!! Aber bitte weiter —

Fürst. Oh sie war auch schön — sehr schön —

Max. (immer ungeduldiger) sehr jung und sehr reich, aber die Eltern wollten nichts von Ihnen wissen!

Fürst. Oh nein, die Geschichte ist ganz anderns — sie war eine verheirathete Frau. —
Max. Hm, die Sache wird interessant!
Fürst. Sie war verheiratet mit einem Manne —
Max. Natürlich.
Fürst. Der sehr viel auf Reisen war — ich glaube ein Capitain! —
Max. Eines Tages kam er früher zurück, als erwartet — —
Fürst. Ganz recht — aber woher wissen Sie?
Max. Ach, Ehemänner kommen immer zu früh zurück —
Fürst. Sie schrieb mir einen Abschiedsbrief, sandte mir meine Briefchen zurück, die ich ihr immer unter A. O. 99. postlagernd senden mußte (zieht ein Packetchen Briefe heraus, küßt sie) und ich sah sie niemals wieder —
Max. (für sich) Gott sei Dank — (laut) Nun also seien sie froh, was wollen Sie nun eigentlich von mir —
Fürst. Was ich will — mein Kind will ich wiederfinden! —
Max. Ach? Ein Kind war auch da — ? —
Fürst. Ja, sie schrieb mir das in diese Abschieds-Brief.
Max. Ja mein werther Herr — da müssen die sich an die Polizei wenden, ich kann doch Ihr Kind nicht wiederfinden —
Fürst. Oh — man hat mir gesagt, Sie wären eine so „findige" Rechtsanwalt!
Max. Sehr schmeichelhaft, ich will versuchen, für Sie Recherchen einzuziehen! (zieht ein Notizbuch) Wie hieß denn Ihre damalige Liebe?
Fürst. Clotilde!
Max. Ja aber weiter? Der Name des Mannes?
Fürst. Weiß ich nicht!
Max. Wo wohnte die Dame?
Fürst. Weiß ich nicht! Hatte versprochen, nicht zu forschen, nicht zu fragen, wie im Lohengrin —
Max. War das Kind ein Knabe oder ein Mädchen?
Fürst. Weiß ich nicht!
Max. Ja aber um Gotteswillen — wie wollen Sie denn das Kind finden?

Fürst. Aber Sie sollen ja finden —

Max. (steht auf) Mein lieber Herr, das bin ich außer Stande — Wenn Sie aber auch gar keine Anhaltspunkte haben —

Fürst. O doch hab ich. Hab meiner Geliebten einen wunderbaren Ring geschenkt — ein altes Erbstück.

Max. Einen Ring?

## Zwölfte Scene.
### Vorige. Louise.

Louise (von links). Oh pardon —

Max (bei Seite.) Gott sei Dank (laut) Liebe Louise, gestatte daß ich vorstelle — Fürst Bogumil Lansky — meine Frau —

Fürst. Gnädigste — freue mich serr!

Max. Fürst Lansky ist nach Berlin gekommen, um sein Kind zu finden. Du interessirst Dich ja für Kindergeschichten — bitte erzählen Sie meiner Frau die Geschichte weiter — ich muß jetzt in's Gericht. Will die Sache einem Detektivbureau übergeben (ab rechts, im Abgehen) Will doch sofort an die Oliva telephoniren, ob mein Schwiegervater schon dort ist! (ab rechts vorn).

Louise (für sich). Wie unangenehm, diese Störung. (Zum Fürsten) Aber bitte behalten Sie doch Platz. (setzt sich am Nähtisch).

Fürst. Bin so frei! (jetzt sich auf den Puff am Schreibtisch).

Louise. Sie suchen Ihr Kind?

Fürst. Ja, meine Gnädigste! Ich muß und werde es finden! Sie werden mich verstehen, wenn ich Ihnen sage, daß ich stehe ganz allein auf der Welt, daß ich Niemanden habe, der nimmt Theil an mir, Niemanden, der einst erbt meine Güter, meine Millionen, Niemand, der mir hat lieb!

Louise (theilnehmend). Das ist allerdings sehr traurig!

Fürst. Sie haben ein sehr gutes Herz. — Ich danke Ihnen (steht auf und küßt ihre Hand) meine — (stutzt wie er den Ring an ihrem Finger sieht) dieser — Ring — — —?

Louise. Nicht wahr, er ist hübsch (besieht ihren Ring).

Fürst (bei Seite, sehr erregt.) Es ist mein Ring, den ich meiner Geliebten einst gegeben!

Louise. Nun und haben Sie schon etwas Näheres über Ihr Kind erfahren?

Fürst (starrt sie an). Ich glaube — ja ich glaube — (bei Seite) Sie ist — sie ist meine Tochter!!! O mein Gott, wie schön sie ist.

Louise (bei Seite). Was hat er nur?

Fürst (bei Seite). Wo hatt' ich denn meine Augen? das ist ja ganz meine Nase — ganz mein Mund — ganz mein Ebenbild —(geht auf sie zu) Oh, mein liebes Kind, eh pardon, wollte ich sagen meine Gnädigste!!!

Louise (weicht zurück). Mein Herr! — —

Fürst. Oh mein Gott und darf ich ihr nicht sagen — muß ich schweigen wegen Mutter. Sei still Vaterherz!

Louise (für sich). Er ist sonderbar.

Fürst. Und ihre Mutter — wo ist sie?

Louise (verwundert). Meine Mutter? — Die ist dort unten (deutet auf die untere Etage).

Fürst (sehr schmerzlich). Dort unten!! (für sich) Also todt! (Zieht sein Taschentuch, wischt sich eine Thräne ab.) Meine gute Clotilde todt — — oh — —

Louise. Er wird immer sonderbarer — —

Fürst (sieht Louise an, für sich). Und ihr nichts sagen dürfen, wo ich sie doch am liebsten an mein Vaterherz drückte. Sei still Vaterherz!!!

Louise. Ich fange an, mich zu ängstigen!

Fürst. Und Du — eh — Sie leben doch glücklich? Ihr Mann ist gut mit Ihnen, ja? — Er trägt Sie auf Händen — ja? — Er erfüllt Ihnen jeden Wunsch, ja? —

Louise. Nun jeden Wunsch allerdings nicht.

Fürst. Nicht? — — —

Louise. Ich habe mir eine Villa gewünscht, aber er thut's nicht.

Fürst. Was? Er ist ein solcher Unmensch? Er wagt es!

### Dreizehnte Scene.
#### Vorige. May.

May. (von rechts) So, jetzt stehe ich wieder zu Diensten!

Fürst. (auf ihn los) Was Herr — Sie wagen es — meine — eh — Ihre junge schöne Frau zu kränken?

**Als Manuscript gedruckt.**

Max. (verwundert) Was??!!

Fürst. Sie schlagen ihr eine Villa ab, wenn sie sie doch nun aber notwendig braucht?

Max. Darf ich fragen, was Sie denn das angeht?

Fürst. Was mich —? —! — Was mich angeht? — Ach — das ist sehr gut — (für sich) Und ich darf nichts sagen. Sei still Vaterherz!! (laut) Sie werden ihr kaufen die Villa?

Max. So?! Und Sie werden mir vielleicht das Geld dazu geben?!

Fürst. Aber gewiß — gern — (zieht seine Brieftasche) Was kostet Villa?

Max. Mein Herr — der Scherz geht zu weit!

Fürst. Aber ist kein Scherz!

Max. Dann um so schlimmer, dann ist es eine Beleidigung!!

Fürst. Aber ich bitte Sie — ich kann doch nicht beleidigen mein — — (für sich) Sei still, mein Vaterherz. (geht auf Louise zu) Es wird sich alles aufklären und dann wirst Du mir um den Hals fallen mit dem Ausruf — —

Louise. (empört) Das ist eine Unverschämtheit mein Herr!!! (Empört nach unten ab).

Fürst. (ihr entzückt nachsehend) Echtes Polenblut, kann sich nicht verleugnen (wirft ihr Kußfinger nach) Oh sie ist reizend — —

Max. Mein Herr werden Sie mir nun endlich erklären?? —

Fürst. (geht mit ausgebreiteten Armen auf ihn zu) Umarme mich, mein Sohn!!

Max. (weicht zurück) Was? Ich bin Ihr Sohn?

Fürst. Aber gewiß, Du bist mein Schwiegersohn, denn Deine Frau ist meine Tochter.

Max. (lacht sehr) Das ist ein guter Witz! (bei Seite) Der Kerl ist verrückt.

Fürst. Aber nein — die Mutter Deiner Frau war meine Geliebte vor 20 Jahren.

Max. (lacht noch mehr) Schwiegermutter! das ist ja großartig — das ist ja unbezahlbar!!

Fürst. Da sie ist todt — so kann ich es Dir ja sagen —

Max. Todt? Meine Schwiegermutter todt.
Fürst. Aber ja, Deine Frau hat mir doch gesagt, daß sie ist da unten!
Max. (lacht fürchterlich) Das ist himmlisch —
Fürst. Pfui, Du lachst weil Clotilde ist todt —
Max. (lachend) Ich will sie auferstehen lassen —
Fürst. (zornig werdend) Du hast schlechten Charakter — sehr schlechten Charakter.
Max. Danke —
Fürst. Doch ich will mich beherrschen — denn heute ist ja Freudentag — hab mein Kind gefunden — mein Kind — welches so vernachlässigt habe. — Wie mir Vaterherz pocht — muß ihr einige Geschenke machen — (im Abgehen) Meinem Kinde — wunderbares Gefühl wie mir Vaterherz pocht. (ab)

## Vierzehnte Scene.
### Max, dann Clotilde, Louise, Hoffmann.

Max. (nachahmend) Meinem Kinde — wie mir Vater= herz pocht — Schwiegermutter nun freue dich — jetzt wird Dir dein Commando entzogen — denn auf das Wiedersehen deines Geliebten bist du nicht vorbereitet. Ob ich meinem Schwiegervater erzähle — — nein — — da kommt das ehr= bare Weib —
(Clotilde und Louise zum Ausgehen angezogen kommen von unten herauf).
Hoffmann. (von links hinten — zu Clotilde und Louise) Ihr wollt ausgehen?
Clotilde. Ja, wir wollen ausgehen!!
Hoffmann. Und darf man fragen wohin?
Clotilde. Nein, das darf man nicht fragen! — Komm mein Kind!! (wirft Hoffmann und Max einen Blick zu. Beid links ab).
Hoffmann. (Sieht ihnen nach) Sturm im Kalender!!e (kommt vor, leise,) Die Oliva war nicht zu Hause!!!
Max. Weiß ich schon! Habe mich telephonisch mit ihr in Verbindung gesetzt — sie ist im Wintergarten und wird gleich hier sein.
Hoffmann. Was hier?

Max. Ich habe sie gebeten in mein Privatbureau zu kommen. Wenn sie da ist, wird's mir gemeldet und dann empfängst Du sie. Da unsere Frauen fort sind, kannst Du sie auch hier empfangen.

Hoffmann. Schön, ich werde ihr ganz gehörig meine Meinung sagen.

Max. So ist's recht! Ich bleibe zu Deiner Unterstützung in der Nähe!!!

## Fünfzehnte Scene.

### Franz, Vorige, dann Oliva.

Franz. (von rechts) (bringt eine Karte) Diese Dame bittet —

Max. (nimmt die Karte) Da ist sie schon (zu Franz) Führe die Dame hier her!

Franz. (ab).

Max. Nun sei standhaft — sie ist sehr leicht reizbar! Bringe ihr meine Verheirathung so nach und nach bei.

Hoffmann. Da sei nur ruhig! ganz peu a peu — sie soll's kaum merken!

Max. Ich bin hier, wenn Du mich brauchen solltest. (geht die Treppe hinunter.)

Hoffmann. Geh nur ganz ruhig!

Franz. (läßt Oliva eintreten, dann ab)

Oliva. (sehr elegant, viel Brillanten, sieht sich um) Nun was soll das? Wo ist Herr Werner? (spricht mit weichem Anklang, spanischem Accent.)

Hoffmann. (für sich) Donnerwetter — — ist die hübsch!! (laut) Mein schönes Fräulein! Herr Werner wird gleich kommen, bitte einstweilen Platz zu nehmen! —

Oliva. Weshalb bestellt er mich denn hierher? Er hätte ja doch zu mir kommen können?

Hoffmann. Ja! Ja! Aber das ging nicht — — — — da ist ja eben seine — — eh — — (bei Seite) Beinahe hätte ich mich verplappert!!

Oliva. (hat sich auf den Stuhl am Nähtisch gesetzt) Weshalb sprechen Sie denn nicht weiter?

Hoffmann. (für sich) Ja wenn das nur so einfach wäre. (jetzt sich ebenfalls) (laut) Sehen Sie, mein schönes

Fräulein — — —. — Max — — ist — — hm — hm — — — wie soll, ich gleich sagen — — — Max hat — —

Oliva. (lächelnd) Nun? (wippt mit ihrem Fuße auf und nieder) was hat Max?

Hoffmann. (starrt wie hypnotisirt ihren Fuß an) Dieses Füßchen!! dieses Füßchen!!

Oliva. (amüsirt das) Gefällt es Ihnen?

Hoffmann. (ganz begeistert) Ach — — ach — dieses Füßchen ist ein Gedicht — — eine Offenbarung — —

Oliva. (wippt noch mehr) Sie werden ja ganz poetisch!!

Hoffmann. O bitte — — ich habe nämlich eine Broschüre geschrieben: „An den Füßen erkennt man den Charakter des Menschen" (giebt ihr ein Heft) Darf ich bitten — — —. Ha! ha! Ein so entzückendes Studien-Objekt ist mir aber noch niemals vorgekommen.

Oliva. Ach so, ich verstehe — Sie können wahrsagen aus den Füßen — wie andere aus den Händen!!!

Hoffmann. Jawohl — so was ähnliches!!

Oliva. Nun — so sehen Sie sich mal meinen Fuß näher an!

Hoffmann. Ganz nahe!?! O Gott das halte ich nicht aus!! (fällt vor ihr auf die Knie) Ach Sie reizendes —

Max (räuspert sich, auf der Treppe sichtbar, sehr stark.)

Oliva. Was ist Ihnen?

Hoffmann (schreckt auf.) Mir ist etwas in die unrechte Kehle gekommen! Hm! Hm!!!

Oliva (hält ihm den Fuß hin.) Nun also — so sagen Sie schon — was sehen Sie an meinem Fuße?

Hoffmann. Daß er reizend, entzückend, berauschend ist Ach Oliva —

Max (räuspert sich wieder.)

Hoffmann (schreckt auf, hustet verlegen.) Hm! Hm!!! (steht auf) Herr Gott! Max!!

Oliva. Wieder die unrechte Kehle?

Hoffmann (rafft sich zusammen, für sich.) Es muß sein — ich werde es ihr durch die Blume beibringen — (laut) Hm!!! Hm! Mein schönes Fräulein — Ich muß Ihnen ein Geständniß machen —

Oliva. Sie mir? (lacht)

Hoffmann. Das heist eigentlich Max —

Als Manuscript gedruckt.

Oliva. Max?! Ja wer sind Sie denn eigentlich?

Hoffmann (unwillkürlich,) Ich bin der Schwiegervater von Max — und

Oliva. Schwiegervater?! (springt wie rasend auf, packt Hoffmann bei der Hand) also ist Max verheirathet?

Hoffmann für sich.) Ach du lieber Gott, — das habe ich gut gemacht!

Oliva. Ach der Elende!! Und jetzt will er mich los sein und Sie sollen es mir sagen — ? (schüttelt heftig seine Hand) Aber so reden Sie doch (stampft mit dem Fuße auf)

Hoffmann. Ja — ich sollte es Ihnen schonend beibringen!

Oliva. Das haben Sie ja besorgt! (wüthend, auf und ab, für sich.) Ach — mir das — er giebt mir den Laufpaß — oh — das soll er mir büßen!! Aber nur ruhig — nu rruhig.

Max (von unten.) Er bringt es nicht zu Stande, ich muß es selbst versuchen, (laut) Ah beste Oliva, es ist sehr liebenswürdig von Ihnen, daß Sie gekommen sind!

Oliva (für sich.) Nur kaltes Blut jetzt — und Verstellung steh mir bei.

Max (zu Hoffmann.) Du bist mir ja ein netter entrüsteter Vater!

Hoffmann. Aber wie kann ich zu einem Wesen mit so hübschen Füßchen grob sein!

Max (zu Oliva.) Mein Schwiegervater hat Ihnen ja wohl schon mitgetheilt, daß ich — — —

Oliva. Er sagte mir, daß Sie verheirathet sind. —

Max. Nun denn ja!!!

Oliva. Also wahr!! Ist sie schön?

Max. Ja!

Oliva. Jung?

Max. Ja!

Oliva. Liebt sie?

Max. Ja!!!!!!

Oliva. Und Sie lieben sie wieder!

Max. Ja!!!!!!

Oliva. Sie wollen sich von mir trennen?

Max. Es muß sein, Oliva seien sie vernünftig, meine Frau scheint Verdacht zu haben.

Oliva. Max —! Und unsere Liebe —

Max. Keine Sentimentalitäten! — — Sie müssen aus Berlin fort!

Oliva. Fort!

Max. Ja. Und Ihre Villa kaufe ich Ihnen ab.

Oliva. Und mein Engagement?

Max. Ich zahle die Konventionalstrafe und auch noch eine Abfindungssumme.

Oliva. Oh Max, mit schnödem Golde wollen Sie meine Liebe abfinden?

Hoffmann. Wieviel soll denn die Villa kosten?

Oliva. Ich bin untröstlich — —

Max. Trösten Sie 80000 Mark?

Oliva. Nein!

Hoffmann. 100000?

Oliva. Nein!

Hoffmann. Nun dann sagen wir Alles in Allem 120000 Mark.

Oliva. 120000 Mark? Ich will's versuchen! Und wann soll ich fort?

Max. Heute noch!

Oliva. O Max! — —

Max (einen Bogen Papier aus der Tasche ziehend). Hier unterschreiben Sie diesen Kaufvertrag, den ich aufgesetzt habe für die Villa — damit ich das meiner Frau zeigen kann.

Oliva. Es ist traurig! (unterschreibt den Vertrag).

Hoffmann. Das Geld bringe ich Ihnen heute noch, gleich —

Oliva. Max, Sie sind grausam!

Max. Nun thäten Sie mir einen großen Gefallen wenn — — —

Oliva. Wenn?

Max. Wenn Sie gleich fortgingen, meine Frau kann jeden Augenblick zurück sein.

Oliva (für sich). Diese neue Beleidigung sollst Du mir büßen!

Hoffmann (hat an der Treppe gehorcht). Schnell fort, meine Frau kommt die Treppe herauf.

Max (drängt Oliva rechts ab). Schnell hier heraus —! (ebenfalls ab.)

Hoffmann. Das war aber höchste Zeit! (Stellt sich mit dem Rücken gegen die Thür.)

## Sechszehnte Scene.
### Hoffmann. Clotilde.

Clotilde (von unten). Wer war die Dame, die soeben hinausging?

Hoffmann (sehr keck). Rathe mal?

Clotilde. Ich bin zum Räthsellösen nicht aufgelegt! Wer war's? Wirst Du gestehn?

Hoffmann. Madame Oliva!

Clotilde. Madame Oliva?

Hoffmann (ganz keck). Ja!!

Clotilde. Und Du wagst es einzugestehen?

Hoffmann. Jawohl, ich selbst habe sie hierher kommen lassen.

Clotilde (wüthend). Du?!!

Hoffmann (sehr großartig). Jawohl! — Während Du mir kein Vertrauen schenktest, habe ich gehandelt, wie es dem Haupte der Familie zukommt!

Clotilde. Du?

Hoffmann. Jawohl! Max hat mir gesagt — in welch unwürdigem Verdacht Ihr ihn hattet und er war doch nur bei dieser Oliva um die Villa zu kaufen, die Louise so gefiel!

Clotilde. Ist's möglich?

Hoffmann. Du hörst es! Ich, kurz entschlossen, habe die Villa gekauft! Hier ist der Kaufvertrag. Die Oliva verläßt Berlin schon morgen! Was sagst Du nun?

Clotilde. Ja Mann? Ich bekomme ja ordentlich Respekt vor Dir!

Hoffmann. (Großartig) Da siehst Du, wie Du mich stets unterschätzt hast! Nun geh', hole Max und Du wirst mir denselben extra fein behandeln. So'n guter Junge — Spaß — mein Schwiegersohn, den ich mir ausgesucht! (für sich) Jetzt gehe ich das Geld holen und bringe es der Oliva. Wer weiß! Vielleicht ersetze ich ihr den Max. (ab links.)

## Siebzehnte Scene.
### Clotilde, dann Louise und Elsa Heyden.

Clotilde. Sollte ich Max wirklich Unrecht gethan haben? Soll und kann ich das wirklich glauben?

Louise mit Elsa. (Elsa verweint von links hinten).

Louise. Verzeih' mir liebste Elsa — aber ich bin durch Deine Mittheilung so glücklich -- denke Dir Mama, Max ist wirklich unschuldig!

Elsa. (weint) Ja leider ist es mein Mann, der ein Verhältniß mit dieser Oliva hat —

Clotilde. Was Ihr Mann?

Elsa. Ja — jeden Monat zahlt er ihr eine bestimmte Summe aus — ich bin die unglücklichste Frau der Welt —

Clotilde. Ach — diese Männer — aber — so beruhigen Sie sich doch —

Else. Aber ich werde ihm die gleißnerische Maske herunterreißen, er soll mich kennen lernen —

Clotilde. Ja es ist empörend — doch Sie können jetzt mit den verweinten Augen nicht über die Straße — kommen Sie — bringen Sie sich etwas in Ordnung (mit der weinenden Elsa abgehend, im Abgehen) ich werde mir Ihren Luftikus mal kaufen — (nach unten ab)

## Achtzehnte Scene.

### Louise dann Max.

Louise. Die arme Elsa dauert mich ja sehr, aber trotzdem könnte ich jauchzen vor Lust, daß es so ist — denn — (läuft dem auftretenden Max entgegen und umarmt und küßt ihn) Max, mein liebster Max, verzeihe mir — —

Max. (von rechts vorn) Was soll ich Dir denn verzeihen?

Louise. Ich weiß jetzt, daß Du kein Verhältniß mit dieser Oliva hast — wie mußt Du mich verachten, daß ich solch unwürdigen Verdacht gehabt — kannst Du mir verzeihen?

Max! Aber gerne Liebste . . . Ich habe eine große freudige Ueberraschung für Dich — —

Louise. Noch eine freudige Ueberraschung?

Max. Schatz, ich habe Dir die Villa gekauft!

Louise. (weinend und lachend) Die Villa — Max — Mann — ist es denn möglich? — — Ich kann's nicht glauben — —

Max. Und doch ist es so — für Dich thue ich ja Alles —

Als Manuscript gedruckt.

Louise. Tausend Dank (unter Küssen) Du Einziger — Guter — Bester — Liebster — — — Wie wird sich Mama freuen — —

Max. Mama? Ja die kann sich freuen — — ich will sie rufen und mich mit ihr aussprechen — — —

Laß uns bitte einige Augenblicke allein (ruft) Mama — Schwiegermutter —

Clotilde. (von unten) Ich komme gleich — —

Louise. Ach ja — sprecht Euch aus — (Umarmung) (links hinten ab).

## Neunzehnte Scene.
### Max, Clotilde.

Clotilde. Was wünschen Sie — Herr Schwiegersohn?

Max. (bei Seite) Der Ton — na warte, Dich werde ich niederschmettern — (laut) Ich habe eine Ueberraschung für Sie!

Clotilde. Mein Mann hat mir bereits von dem Kaufe der Villa Mittheilung gemacht — Sie sehen also, daß Sie mich nicht überraschen können —

Max. So — ich glaube es trotzdem — Sie ehrbare treue Frau — denn Sie sind und waren doch stets die ehrbare Frau —

Clotilde. Das will ich meinen — doch ich möchte Sie ersuchen, mir mitzutheilen, weshalb — — —

Max. So schnell geht das nicht — ich muß Sie peu à peu auf die freudige Ueberraschung vorbereiten, denn ich fürchte, die Freude könnte Ihrer zarten Gesundheit schaden — vielleicht gar Ihrem mir so kostbaren Leben — — —

Clotilde. (welche empört zugehört hat, geht auf ihn los Jetzt hab ich's satt — wollen Sie sich über mich lustig machen? Heraus mit der Sprache —

Max. (bei Seite) Na warte — (hauchend) Bogumil —

Clotilde. (ganz ruhig) Bogumil?

Max. (lauter) Bogumil —

Clotilde. Was soll das — Bogumil —

Max. (für sich) Wie die sich beherrschen kann — aber warte (laut) Bogumil Lansky) —

Clotilde. (sieht ihn kopfschüttelnd an — deutet, daß er den Verstand verloren. Kleine Pause.)
Max. Bogumil lebt, er ist hier —
Clotilde. Was geht mich denn das an?
Max. Das ist unerhört.
Clotilde. Was wollen Sie denn — ? —

## Zwanzigste Scene.
### Vorige. Bogumil.

(Bogumil mit Geschenken und Blumen überladen von rechts vorn.)

Max. (vorstellend) Fürst Bogumil Lansky — meine Schwiegermutter.
Clotilde. (ganz ruhig) Sehr angenehm —
Fürst. (starrt sie an) Gleichfalls — (legt die Sachen auf den Schreibtisch)
Max. (Max sieht von Einem zum Andern, für sich) Wie die sich verstellen können. (laut) Fürst — da ist doch Ihre ehemalige Geliebte — —
Clotilde. Was? — — Herr Schwiegersohn — Sie unterstehen sich —
Max. Der Fürst sagte es mir!
Clotilde. (auf den Fürsten zu) Sie haben es gewagt?! Mein Herr — das ist eine — —
Fürst. (retirirend) Aber nein, Sie sind es ja nicht — Clotilde ist ja todt (zu Max) Ihre Frau, meine Tochter hat es doch gesagt!!!
Clotilde. Was — meine Tochter — ist Ihre Tochter — Herr — — — !!
Bogumil. Ihre Tochter — sehr gut — meine Tochter — Wo — ist sie, habe ich Geschenke für sie gekauft und Blumen. (legt die Sachen auf den Tisch)
Max. Wie kommen Sie denn nur auf diese Idee, daß meine Frau Ihre Tochter ist?
Fürst. Aber der Ring — das blaue Herz mit dem Diamantpfeil — es ist derselbe Ring, den ich meiner Geliebten geschenkt — sie kann ihn nur haben von ihrer Mutter!
Max. (lacht) Den Ring — ist nicht möglich — den habe ich bei meinem Juwelier anfertigen lassen.

Fürst. Waaas? Diesen Ring — ist nicht möglich — es müssen sein eingravirt B. L. und Datum!

Clotilde. (ist an die Thür links getreten) Louise! bitte komm doch mal her!

## Einundzwanzigste Scene.
### Vorige, Louise.

Louise. Du wünschest Mamachen? (für sich) Da ist ja der sonderbare Herr schon wieder?

Max. Bitte gieb mir mal Deinen neuen Ring.

Louise. (giebt den Ring. Zu Clotilde) Was soll das?

Clotilde. Dieser Herr behauptet, Du seiest seine Tochter!

Louise. Aber Max!

Clotilde. Und ich seine Geliebte — Herr werden Sie jetzt — —?

Fürst. (hat inzwischen den Ring betrachtet) Nein!! Es ist nicht mein Ring —! Oh wie thut es mir leid, daß Sie nicht sind meine Tochter — so jung — so schön!! so — — — —

Max. (holt die Blumen und Packete vom Tisch und packt sie dem Fürsten wieder auf) Da!! Suchen Sie sich Ihren Schwiegersohn, wo Sie wollen!!

Louise. (ebenso von der anderen Seite) Da!! suchen Sie sich Ihre Tochter wo Sie wollen!

Clotilde. (ebenso) Da!! Suchen Sie sich Ihre Geliebte wo Sie wollen! — Sie — Herr aus der Polakei! und nun hinaus! oder —

Max. (macht die Thür auf) Bitte!!!

Fürst. (sehr liebenswürdig) Aber meine Herrschaften — warum so aufgeregt? Geht Sie ja die Sache garnichts an! Der Ring ist nicht der Echte! Also bist Du leider nicht meine Tochter (Bewegung von Louise) Du leider nicht mein Schwiegersohn (Bewegung von Max) und Du sei — Gott sei Dank nicht meine Geliebte (Empörte Bewegung von Clotilde) Bitt' ich tausendmal um Verzeihung! Leben Sie wohl! (rechts vorn ab.)

(Vorhang).

# Zweiter Akt.

Hochelegant eingerichteter Salon bei Oliva. Rechts und links zwei Seitenthüren, hinten Mittelthür.

### Erste Scene.
#### Oliva Lilli.

Beim Aufgehen des Vorhanges liegt Oliva links vorn auf einer Chaiselongue und Lilli vor ihr an einem Bauerntischchen mischt die Karten. Kleine Pause.

Lilli. Bitte abheben — Madame —
Oliva. Ist geschehen.
Lilli. So, nun drei Häufchen — aber mit der linken Hand —
Oliva. Weshalb denn?
Lilli. Sonst trifft's nicht ein! (legt die Karten auf.) Nun müssen Madame auch irgend etwas denken.
Oliva. Gut — ich denke.
Lilli. 1. 2. 3. 4. 5. Sie stehen vor einem wichtigen Schritte!
Oliva. Ah!!
Lilli. 1. 2. 3. 4. 5. Ein junger Mann liebt Sie abgöttisch.
Oliva. Das ist doch nichts Außergewöhnliches.
Lilli. 1. 2. 3. 4. 5. Herzbub! Ach!! Madame!
Oliva. Was denn?
Lilli. Eine Heirath!!!
Oliva. Wirklich?

**Als Manuscript gedruckt.**

Lilli. Hier sehen Sie selbst — da die Dame das sind Sie — und daneben — Herzbub —

Oliva. Da hast Du 10 Mark. —

Lilli. Danke Madame! (bei Seite.) Ich kenne doch Ihre schwache Seite! (laut) Sie werden sehr glücklich sein — Ihr Mann betet Sie an.

Oliva. Ist er blond oder schwarz?

Lilli. Blond! bei (Seite) Sie hat es mir ja selbst erzählt. 1. 2. 3. 4. 5. — Sie bekommen ein Kind!

Oliva. Nicht möglich!

Lilli. Jawohl ein Mädchen.

Oliva. Ein Mädchen? Nun?

Lilli. 1. 2. 3. 4. 5. Ein Jahr später noch ein Kind — einen Jungen!

Oliva. Einen Jungen — hier hast Du 20 Mark.

Lilli. Danke schön! 1. 2. 3. 4. 5. Sie werden ein drittes Kind —

Oliva. Ein drittes Kind! — Gieb mir die 20 Mark zurück.

Lilli. Pardon — das dritte bekommen Madame nur auf Wunsch!

## Zweite Scene.

### Vorige. Secretair.

Sekretair (von rechts vorn, hochelegante Erscheinung aber sehr verlebt, Frack, Monocle). Hm! hm!

Oliva. Aha sieh da, unser Baron! Geh jetzt Lilli, nimm Deine Karten mit!

Lilli. Schön, Madame (macht dem Secretair eine etwas spöttische Verbeugung, dann links ab)

Secretair (klemmt Monocle ein.) Ich habe Sie schon so oft gebeten liebste Oliva derartige Vertraulichkeit mit dem Dienstpersonal zu vermeiden. Sie sind zu gut — zu herablassend zu diesem Plebs!

Oliva. Ja — Ja — ich weiß schon, (übergehend ungeduldig.) Was giebt es Neues?

Secretair. Diese Briefe sind eingelaufen — teils Liebes- — teils Bettelbriefe.

Oliva. Geben sie die — Liebesbriefe —

Sekretair. Oh Oliva, Sie werden sie doch nicht lesen wollen — diese abgeschmackten Phrasen.

Oliva (ungeduldig) So geben Sie schon —

Sekretair (seufzt) Hier —

Oliva.(lesend.) Die Bettelbriefe in's Feuer, sonst nichts da?

Sekretair. Der Herr Graf sandte dies Armband! (giebt ihr ein Etui.)

Oliva. Ohne Diamanten!? Unglaublich!

Sekretair. Ja — zu meiner Zeit war das anders. Meine Cadeaux waren doch besserer Art. Erinnern Sie sich z. B. der Diamanten = Riviere — kostete bei Friedländer 25,000 Mark —

Oliva. So lassen Sie doch die Reminiszenzen.

Sekretair (seufzt,) Oh Oliva!

Oliva. War Max noch nicht hier!!

Sekretair (zuckt zusammen.) Max?

Oliva. Ja!!

Sekretair. Sie meinen Herrn (verächtlich) Max Werner?

Oliva. Nun ja!!

Sekretair. Oh Oliva, wenn ich bedenke, daß ich, der Baron Sternthal einst mein Vermögen mit Ihnen durchgebracht habe und daß nun ein einfach bürgerlicher Werner es thun darf. — Oh — das schmerzt!!

Oliva. Das bürgerliche Geld sieht genau so aus wie das adlige!!

Sekretair. Oh Oliva — wie haben Sie sich verändert — Früher —

Oliva. Sie langweilen mich mit Ihren Klagen über **tempi passati**! Nun ja — Sie haben Ihr Vermögen mit mir verjubelt, aber hab' ich mich dafür nicht dankbar gezeigt! —

Sekretair. O ja — indem Sie aus mir eine Art besseren Dienstboten gemacht haben?! Oh! —

Oliva. Was wollen Sie? Ihr Geld war futschikato — massenhafte Schulden — gelernt hatten Sie nichts — zum Totschießen fehlte Ihnen der Mut —

Sekretair. O nein — aber ich hätte Sie nicht mehr sehen können und dann — das bessere Jenseits ist auch noch zu unbekannt.

Oliva. Eh bien — so habe ich doch ein gutes Werk gethan — als ich Sie zu meinem Sekretair machte! —

Sekretair. Hätte ich gewußt, welche Tantalusqualen ich täglich durchmachen würde! Ich muß jetzt die Honneurs machen — wo ich früher befohlen habe. — Ein gewöhnlicher Werner macht sich auf den Möbeln breit, die ich einst ange=
schafft habe! — ach!

Oliva. Weshalb das Lamentieren? Das ist doch ein=
mal nicht zu ändern — Apropos ich habe meine Villa ver=
kauft! (geht an dem Sekretair vorüber nach rechts)

Sekretair. Was? Diese Villa? Ein Geschenk von mir! Oh — Oh — und an wen?

Oliva. An Herrn Max Werner!

Sektair. An diesen — Werner — oh —

Oliva. Ja, dieser Werner — denken Sie, er hat mir den Laufpaß gegeben. (geht an dem Sekretair vorüber nach links.)

Sekretair. Ist nicht möglich!

Oliva. Und doch ist es so — oh ich werde mich aber rächen!!

Secretair. (bei Seite) Ich werde mich bei ihm bedanken.

Oliva. Könnte ich den Vertrag nicht rückgängig machen?

Secretair. Haben Sie denn einen Vertrag unterzeichnet?

Oliva. Ich glaube — ja, jawohl!

Secretair. Beim Notar?

Oliva. Nein.

Secretair. Haben Sie die Kaufsumme erhalten — —

Oliva. Nein — ist mir auch einerlei — ich behalte die Villa, ich gehe nicht fort —

Secretair. Oh Oliva — es würde mich auch bitter geschmerzt haben — mein Cadeau —

Oliva. So lassen Sie doch die Reminiscenzen — es ist ja langweilig.

Secretair. Oliva!

Oliva. (giebt ihm das Etui) dies zum Juvelier!

Secretair. Schön — (sieht das Armband an) ach, zu meiner Zeit! —

Oliva. (sieht ihn an).

Secretair. Ich verstumme! — (küßt ihr die Hand, will abgehen) Ach ich vergaß, der junge Mann war heute schon zweimal hier —

Oliva. Was für ein junger Mann? Ich kenne Viele! —

— 41 —

Secretair. Nun, den wir auf der Reise kennen gelernt haben und der Sie heirathen will!
Oliva. Heirathen?
Secretair. Lächerlich — Was? —
Oliva. Hm! Es wäre wohl das Beste für mich — und da er reich und unabhängig —
Secretair. Oliva —
Oliva. Was?
Secretair. Sie wären wirklich im Stande, mich zu verlassen? Wenn Sie durchaus heirathen wollen — nun so heirathen Sie mich doch —
Oliva. (lacht) Aber Baron — Sie scherzen — wenn ich meine Freiheit verkaufe — so muß der Käfig wenigstens von Gold sein, mit vielen Diamanten geschmückt — und bei Ihnen?! — Nein Baron das geht wirklich nicht —
Secretair. Oh Sie sind grausam! —
Oliva. (bei Seite) Meine Verheirathung wäre das schönste Paroli, was ich Max bringen könnte — (laut) Jawohl ich heirathe den jungen Mann —
Secretair. Diesen Hans?
Oliva. Er ist rasend in mich verliebt!
Secretair. Er weiß aber nicht, daß Sie die spanische Tänzerin sind, sondern hält Sie —
Oliva. (fortfahrend, lachend) für die Tochter eines Capitains, der Ihnen seine Tochter während seiner langen Seereise anvertraut hat! Und dabei muß er belassen werden!
Secretair. Solange es sich um einen Scherz handelte, war ich damit einverstanden, dem jungen Mann im Coupee diesen Bären aufzubinden, — aber das muß doch jetzt ein Ende haben —
Oliva. Weshalb denn?
Secretair. Nun wenn er Sie heirathen soll, so wird er doch sicher Ihren Vater sehen und dessen Einwilligung haben wollen. Sie vergessen, daß Sie ihm gesagt, daß Sie auf seinen Antrag nicht antworten könnten ehe Ihr Vater seine Zustimmung gegeben —
Oliva. Richtig — richtig — das war eine kolossale Dummheit von mir — (aufspringend) was thun — was thun — Sie müssen mir einen Vater besorgen — einen alten Capitain —

Als Manuscript gedruckt.

Secretair. Nein Oliva — zu diesem Spiele gebe ich mich nicht her!

Oliva. Nun, dann werde ich mir selber einen Vater verschaffen — Oh — ein Königreich für einen Vater — —

## Dritte Scene.

**Vorige. Preszinsky. Fürst Bogumil.**

Preszinsky (in Dienerlivree, hat eine schwarze Malcontent=perrücke auf). Dieser Herr b—b—b—bittet!

Oliva (liest). Fürst Bogumil Lansky — recommandé par le Comte Savilly. — Lassen Sie den Herrn eintreten — lieber Baron lassen Sie uns allein — bitte!

Preszinsky (ab Mitte). Jawohl!

Secretair (rechts ab).

Preszinsky (führt den Fürsten ein, dann ab).

Fürst (in förmlichem Visitenanzug, sein Ton ist gedämpft, stellenweise tragisch). Gnädigste (küßt ihr die Hand) ich komme in sehr eigenartiger Mission . . . .

Oliva. Bitte — nehmen Sie Platz . . . (Oliva lehnt an der Chaiselongue, Fürst steht).

Fürst (lehnt ab). Bin zu aufgeregt dazu — (dichter) der Graf Savilly, mein Freund, ist abgereist —

Oliva. Wie?

Fürst (beobachtet, sie schmerzlich wie verstohlen, für sich). Sie beherrscht sich — aber nun wird es gleich kommen die Ohnmacht — (laut) er konnte nicht kommen Abschied zu nehmen — es wäre gewesen ein Abschied für immer —

Oliva (schreit auf). Ha —

Fürst (dramatisch). Gnädigste, ich beschwöre Sie — Ruhe — ich bin ferr unglücklich, daß er gerade mich gebeten hat, Ihnen die — Unglücksbotschaft zu überbringen, aber — Ver=zeihung — ich bin sein bester Freund — ich habe ihm alles vorgestellt. Ihre Verzweiflung — Ihre Verlassenheit —

Oliva (kichert in ihr Taschentuch). Ist der komisch —

Fürst. Weinen Sie nur — Verlassenheit — auch ich habe erfahren, was es heißt (wie eine Vision verfolgend) — — plötzlich war „sie" fort — und man steht da: so unglücklich—so—so dumm — ja ganz so wie Ihnen jetzt, so war mir damals zu Muth, als sie mich verließ meine — heißgeliebte Clotilde! . . .

Oliva (lacht noch immer halb unterdrückt). Ich sterbe . . .
Fürst (exaltirt). Nein — das dürfen Sie nicht — nicht sterben — auch ich lebe noch — der Kummer verzehrte mich nicht — (wild) im Gegentheil, ich wurde sogar immer dicker — aber das macht alles dieser verfluchte Reichthum — Pardon —
Oliva (für sich). Reichthum?!
Fürst (deklamirt). O wie ich es hasse dieses Geld — daß ich es Niemandem hinterlassen kann — o mein Fräulein — es ist sehr schmerzlich von Niemand beweint zu werden — (Pose, legt die Hand über die Augen).
Oliva (erhebt sich, mit Entschluß). Mein Fürst — Sie irren sich, wenn Sie glauben, ich beweine den Undankbaren, der mich verlassen (mit Temperament) Frauen von meinem Temperament vergießen keine Thränen — eine Frau wie ich rächt sich!!
Fürst. Rächt sich! Herr gut! Sie könnten eine Polin sein! Dieses edle Feuer steht Ihnen gut!
Oliva. Sie sind zu liebenswürdig!
Fürst. Aber wie wollen Sie sich rächen? Wie werden Sie den Schmerz verwinden?!
Oliva (sehr kokett). Glauben Sie nicht, daß sich Jemand finden wird, mich zu trösten?
Fürst (sieht sie an). Trösten? O ja — ich werde Sie trösten — ich werde Ihnen meine Lebensgeschichte erzählen.
Oliva. Ihre Lebensgeschichte!
Fürst. Ich werde Ihnen vorspielen auf meiner Geige — o ich spiele sehr gut! —
Oliva (enttäuscht). Geige?
Fürst. O ich werde auch sehr liebenswürdig zu Ihnen sein — o Oliva — mein ganzes Ich mit allem was ich habe, lege ich Ihnen zu Füßen. — Denn auch Sie sind ein verlassenes Geschöpf — so — na — wie ich! Trösten und rächen wir uns gemeinschaftlich. Sie sind jung, schön — Sie gefallen mir sehr gut. — Ich liebe Sie — (kniet nieder).
Oliva. (erhebt sich ganz ruhig, drückt auf eine Klingel)
Fürst. He?

## Vierte Scene.
**Vorige. Secretair.**

Oliva. (zum Secretair) Lieber Baron — dieser Herr hat mit Ihnen zu reden — (nickt leicht mit dem Kopf, ab links).

Fürst. Ja aber — ? — (erhebt sich jetzt erst aus der knieenden Stellung.)

Secretair. (sich vorstellend) Baron von Sternthal.

Fürst. (bei Seite) Verflucht! Der Liebhaber — ein Duell. (laut) Ich stehe zu Ihrer Verfügung mein Herr!

Secretair. Bitte Platz zu nehmen —

Fürst. Warum so viele Worte — ja ich liebe Oliva, ich habe ihr gesagt — wenn ich hätte gewußt, daß Sie haben ältere Rechte —

Secretair. (seufzt) Sprechen wir bitte nicht davon.

Fürst. Was wollen Sie denn eigentlich von mir?

Secretair. Ich wollte mir erlauben, Sie mit den Sitten und Gewohnheiten unseres Hauses bekannt zu machen —

Fürst. Die Sitten und Traditionen derer von Sternthal interessiren mich gar nicht, ich wollte — Oliva —

Secretair. Ich meinte auch unseres Hauses — hier!!!

Fürst. (immer erstaunter) Hier?! Hm — sind Sie Besitzer vom Haus —

Secretair. (verneint)

Fürst. Oder Gemahl von Oliva?

Secretair. Pardon — nein — ich bin der Secretair dieses Hauses —

Fürst. (starrt ihn an, läßt Monocle fallen, ändert sein Benehmen, setzt sich, zündet sich eine Cigarre an.) Ach — Du bist Secretair? — Schreiber!?! Sehr gut!

Secretär. Ich wollte Sie mit den Sitten und Gewohnheiten unseres Hauses bekannt machen!!

Fürst. (lacht noch mehr) Sitten! Ist sehr gut.

Secretair. (Holt ein großes rotes Album nebst eingetauchter Feder vom Tische rechts, legt es dem Fürsten am Tische links hin.) Wollen Sie die Güte haben, sich in unser Album einzuzeichnen.

Fürst. Album?

Secretair. Ja!! Bitte?

Fürst. Was soll ich denn da einzeichnen?

Secretair. Bitte die Kolonnen ausfüllen! (taucht die Feder ein, giebt sie dem Fürsten.)

Fürst. Kolonnen ausfüllen?

Secretair. Ja, Namen, Stand — etc.

Fürst. Etcetera?!? (sieht ins Buch), dann Secretair an lächelt) Ach so!! Ich begreife! (schreibt)

Secretair. (wendet sich discret ab.)

Fürst. (entnimmt seiner Brieftasche einige große Scheine, legt sie auf den Tisch) So — is fertig!! (steht auf) Wann werd ich Madame die Ehre haben zu sehen?

Secretair. Die Gnädige empfängt um fünf Uhr zum Thee! (legt das Album nach rechts zurück).

Fürst. Is' gutt! (will gehen).

Secretair. (Giebt ihm eine Karte) Noch eins! Bitte!!

Fürst. Was soll damit?

Secretär. Das ist die Karte von unserem Weinhändler — der kennt ganz genau die Weine und Sectmarken, die Madame bevorzugt!

Fürst. Is' gutt — ich werde bestellen! (will gehen)

Secretair. Pardon?! Noch eins! Fahren Sie Bicykle?!

Fürst. Nein? Warum denn?

Secretair (giebt ihm noch eine Karte). Madame ist Rad=fahrerin — Sie werden es auch lernen müssen — hier ist die Adresse —

Fürst. Aber ich mag nicht Radfahren.—

Secretair (zuckt die Achseln). Das ist Hausordnung!

Fürst. Hausordnung. Ha! ha! Is jerr gutt! (lacht) Nun gut, werde auch lernen strampeln! Adieu — Secretair — Hauptkerl!

Secretair (sehr tiefe Verbeugung). Mein Herr!

Fürst (lacht sehr). Das ist aber jerr gutt! (ab Mitte)..

Secretair (klemmt Monocle ein, sagt verächtlich). Eh! (Kommt nach vorn, sieht das Geld auf dem Tisch liegen, sieht sich um, nimmt von einem Tisch von hinten aus einer Schaale eine Zuckerzange, faßt die Scheine zusammen und geht, das Geld weit von sich haltend, steif ab.)

## Fünfte Scene.

### Przcinsky. Hoffmann.

Przcinsky. B—B—Bitte hier einzutreten.

Hoffmann (durch die Mitte, er zuckt alle Augenblicke mit der rechten Schulter). Ah! ah! In der That — sehr nobel eingerichtet — fein — fein —! Madame Oliva zu Hause?

Als Manuscript gedruckt.

Prezjinsky (sieht ihn an und macht unwillkürlich die Zuckungen nach). Sie h — h—haben wohl das Reißen in der Schulter?

Hoffmann. Nee! Ach Sie meinen wohl, weil ich immer so mache? (Zuckt.) Nein, daran ist der verflixte Schrittmesser schuld — ich muß nämlich — (sieht ihn an). Halt, eine Idee — wollen Sie 20 Mark verdienen?

Prezjinsky. Allemal!

Hoffmann (zieht den Schrittmesser heraus). Sehen Sie, das ist das Ding!

Prezjinsky. K—kenn ich!

Hoffmann. Meine Frau behauptet, der Arzt habe mir täglich 6 Kilometer verordnet und meine Frau kontrollirt sehr streng!

Prezjinsky. Wie — was?

Hoffmann. Mit anderen Worten, meine Frau traut mir nicht. Wenn ich nun ausgehe, giebt sie mir das Ding mit, damit sie genau kontrolliren kann, ob ich nicht irgendwo Seitensprünge gemacht.

Prezjinsky. Aha! verstehe!

Hoffmann. Nun passen Sie mal auf. Hier haben Sie 10 Mark (giebt sie ihm) und wenn Sie mir das Ding wiedergeben und es ist 6 Kilometer weiter, dann bekommen Sie noch 10 Mark.

Prezjinsky (steckt ihn ein). Sch—schon verdient! (fängt sofort an auf der Stelle Trab zu laufen, immer im großen Bogen um Hoffmann herum).

Hoffmann. So ist's recht! So ist's recht! Ha! ha! wird meine Alte eine Freude haben. Uebrigens Sie kommen mir so bekannt vor? Wenn Sie blonde Haare hätten, so würde ich Sie — hm — haben Sie vielleicht einen Bruder, der blond ist?

Prezjinsky (immer laufend). Ja—wohl einen 3— Zwillingsbruder!

Hoffmann (bei Seite). Und stottern thut er auch, das ist ja riesig interessant! (laut) Bitte geben Sie mir mal Ihren Fuß —

Prezjinsky. K—kann nicht — brauche ihn jetzt! M—muß 20 Mark verdienen!

Hoffmann. Aber so halten Sie doch mal 5 Meter an.

**Preszinsky.** B—B—bedaure sehr! W—werde bezahlt dafür!

**Hoffmann** (für sich). Ein geriebener Junge! (laut) Na da haben Sie 5 Mark; bremsen Sie mal 'ne Minute!

**Preszinsky.** D—d—das ist was anderes!

**Hoffmann.** Erlauben Sie Ihren Fuß!

**Preszinsky** (hält ihm den Fuß hin). Bitte!!

**Hoffmann.** (untersucht, setzt sich.) Ah! Ah! Meine Theorie ist glänzend gerechtfertigt. An den Füßen erkennt man die Menschen. Da — da genau dieselbe Erhöhung — ja gleiche Brüder — gleiche Füße!

**Preszinsky.** Das ist ein Wasmuthring!

**Hoffmann.** (steht auf) Sogar auch der Wasmuthring. Ah! Ah!!!

**Preszinsky.** (hopst auf einem Bein herum) Oh! (stützt sich um nicht zu fallen, auf den Tisch resp. Tischglocke und klingelt.)

## Sechste Scene.
### Vorige. Secretair.

**Secretair.** (von rechts vorn, klemmt das Monocle ein und starrt) Was ist denn das?! Sie führen wohl hier einen Cancan auf?!

**Preszinsky.** Der Herr w — w — wünschte meinen Fuß!

**Secretair.** Schon gut! Hinaus!!

**Preszinsky.** (setzt sich in Trab und läuft in Schlangenlinien zur Thüre.)

**Secretair.** Was soll denn der Unfug?

**Preszinsky.** B — b — bin schon draußen!

**Secretair.** (zu Hoffmann) Womit kann ich dienen, mein Herr? Ich bin — der Secretair des Hauses!

**Hoffmann.** (bei Seite) Donnerwetter — ein Secretair das ist nobel! (laut) Ich möchte Madame sehr gern in einer wichtigen intimen Angelegenheit sprechen!

**Secretair.** (sieht ihn groß an) Ah — ah so!?! — Dann gestatten Sie, daß ich Sie vor allem mit den Sitten und Gewohnheiten unseres Hauses bekannt mache! (holt das Buch).

**Hoffmann.** (erstaunt) Wie?!

Secretair. Bitte sich hier in unser Album einzeichnen zu wollen!

Hoffmann. Ach wissen Sie — in Stammbuchversen bin ich nicht groß!

Secretair. O bitte — Sie können das ganz prosaisch abmachen!! (taucht die Feder ein) Bitte — Ihren Namen — ꝛc.

Hoffmann. Na, wenn es Ihnen so viel Spaß macht (schreibt) so bitte.

Secretair. Hm! Ich vermisse die Hauptsache?!

Hoffmann. Wollen Sie sämmtliche Vornamen Rudolf — Tiburtius?

Secretair. Die Vornamen sind uns gleichgiltig — eh — bitte sich diese Rubrik näher anzusehen und dieselbe aus= zufüllen!

Hoffmann. Rubrik ausfüllen — aber wozu denn? Ich bin hergekommen, um mit Madame über den Kauf der Villa zu sprechen — ich bringe die Kaufsumme —

Secretair. Wie, Sie sind der Herr, der die Villa kaufen wollte? Ich dachte Herr Werner?

Hoffmann. Das ist mein Schwiegersohn!

Secretair. So! Dann muß ich Ihnen sagen, daß aus diesem Kaufe nichts werden kann!

Hoffmann. Aber weshalb nicht? Ich habe ja Olivas Unterschrift.

Secretair. Die Unterschrift?

Hoffmann. Jawohl, die Unterschrift.

Secretair. Sie wird Ihnen nicht viel nützen, da Madame Oliva den Kauf bereut und nicht ausziehen will —

Hoffmann. Dann werde ich sie zwingen —

Secretair. (stark) Das wird ein Skandal = Prozeß werden —

Hoffmann. Scandal=Prozeß (für sich) Das darf nicht sein, Herr Secretair. Sie müssen mir helfen (will seinen Arm um ihn legen).

Secretair. (tritt indignirt zurück).

Hoffmann. Wenn Sie es durchsetzen, daß Oliva bald auszieht, so soll es mir auf 1000 Mark nicht ankommen!

Secretair. Mein Herr — wie können Sie es wagen — mir eine solche Summe —

Hoffmann. Na dann 2000 —

Secretair. Mein Herr das ist —
Hoffmann. Zu viel? —
Secretair. Nein — das nicht —
Hoffmann. Nun denn 3000 Mark.
Secretair. Mein Herr — Sie wissen nicht mit wem Sie sprechen. (giebt ihm seine Visitenkarte; geht nach hinten.)
Hoffmann (lesend, für sich) Ein Baron als Sekretair — riesig nobel —
Secretair (kommt wieder vor, leise, discret.) Man spricht nicht über solche discrete Dinge.
Hoffmann (bei Seite.) Aber man thut es, (laut) wir verstehen uns, wird besorgt werden — Abgemacht (Handschlag) Jetzt — hätte ich noch eine große Bitte, Herr Baron.
Secretair. Was denn?
Hoffmann. Sie haben einen so herrlichen, langen schmalen Fuß — Herr Baron —
Secretair (geschmeichelt.) Ja eine Familienschönheit derer von Sternthal,
Hoffmann. Bitte erlauben Sie mir Ihren Fuß.
Secretair, Meinen Fuß?
Hoffmann. Ja — jawohl — bitte — an den Füßen erkennt man den Charakter des Menschen. Hier meine Brochüre. Ich möchte Ihren Charakter beurtheilen.
Secreter (empört.) Ich verbiete Ihnen an meinem Charakter zu zweifeln, mein Herr — er ist tadellos! (ab Mitte).
Hoffmann (ihm nachsehend.) Na — na — alter Junge, das wollen wir nicht so schroff behaupten!

## Siebente Scene.

**Hoffmann. Preszinsky. Dann Oliva.**

Preszinsky (kommt im Zick-Zack laufend über die Bühne von rechts.)
Hoffmann. Eins, zwei, eins, zwei, so ist's recht. Wieviel haben Sie schon?
Preszinsky. 1,5 (sieht auf dem Schrittmesser nach, läuft um Hoffmann herum)
Hoffmann. Brav, brav, Nur feste weiter!
Preszinsky. Ich b — b— bin aber schon so müde!
<u>Als Manuscript gedruckt.</u>

Hoffmann. Das ist gesund sagt meine Frau.

Prczsinsky. Ja Jhnen b — k — k — kommt es gut (stolpert) hopla.

Hoffmann. Jetzt stottert er schon mit den Füßen. Ja meine Theorie.

Oliva (von links auftretend sieht Prczsinsky im Kreise herumlaufen.) Sie spielen wohl hier Circus? Hinaus!

Prczsinsky (im Zick=Zack ab.)

Hoffmann. Ach Oliva — endlich — oh Sie ganz entsetzliches Wesen —

Oliva. Bedanke mich für's Compliment.

Hoffmann. Was haben Sie uns für einen Schrecken eingejagt durch Ihre Weigerung, aber es war doch nur ein Schreckschuß? Nicht wahr?

Oliva (hat sich aufs Chaiselongue gesetzt) Nein — ich behalte meine Villa.

Hoffmann. Aber ich hab's doch schriftlich. (setzt sich zu ihr auf den Puff)

Oliva. Macht nichts.

Hoffmann. Ich bringe Ihnen die Kaufsumme —

Oliva. Die ich verweigere, gutwillig ziehe ich nicht aus —

Hoffmann. Wenn Sie nicht — gutwillig gehen — so werde ich Sie zwingen — ich werde — (geht auf sie zu.)

Oliva (springt auf.) Waaas? Sie wollen mich zwingen? Reizen Sie mich nicht!! Ich kann sehr heftig werden. (Handbewegung treibt Hoffmann auf die andere Seite) Denken sie an meinen Pariser Wäschelieferanten, wie es dem ergangen ist, werden Sie wohl gelesen haben — wie würde es Ihnen wohl ergehen?

Hoffmann. (ist hinter einen Tisch reterirt) O bitte — nein — nein — ich wollte ja nur (für sich) ich muß es in Güte versuchen! (laut) Wir haben unseren Frauen den Kauf bereits mitgetheilt. Die können jeden Augenblick herkommen — Sie wollen Max doch nicht unglücklich machen!

Oliva. Ich soll es also ganz ruhig hinnehmen, daß er mich betrogen hat?!

Hoffmann. Betrogen?

Oliva. Nun ja — hat er nicht hinter meinem Rücken geheirathet? Liebt er nicht seine Frau?

Hoffmann. Ach ich würde ihn einfach laufen lassen, diesen undankbaren Menschen (nähert sich ihr und setzt sich zu ihr) He! he! he! es giebt ja noch andere schöne Männer, die ein Weib wie Sie mehr zu würdigen wissen!

Oliva. O genug — aber ihn habe ich treu geliebt und so — — lange, mindestens 10 Monate!

Hoffmann. So lange?

Oliva. Und deshalb werde ich mich auch rächen! Rache ist süß —

Hoffmann. Wie die Liebe ,rächen Sie sich und nehmen Sie sich einen Anderen! (sehr verliebt) Ach Oliva — in Sie muß man sich ja verlieben — wenn man nur Ihr entzückendes Füßchen ansieht! Ein Gedicht, ein Wonnetraum — O Oliva!

Oliva. Sie schwärmen ja —

Hoffmann. Ja! Bei Ihrem Anblick da fühle ich mich wieder 19 Jahre alt — ich könnte für Sie die tollsten Sachen begehen — die größten Thorheiten, verlangen Sie von mir, was Sie wollen — ich —

Oliva. (bei Seite) Halt ein Gedanke! (laut) Ich nehme Sie beim Wort!

Hoffmann. (fährt erschrocken zurück) Wie —

Oliva. Werden Sie mein Vater!

Hoffmann. Was?!!?

Oliva. Wenigstens für einen Tag!

Hoffmann. Aber weshalb denn?

Oliva. Ich will heirathen und dazu muß ich einen Vater haben!

Hoffmann. Heirathen? Und da soll ich — nein — das ist denn doch zuviel verlangt.

Oliva. So! Das ist also Ihre Liebe zu mir — eben wollten Sie noch „Alles" für mich thun.

Hoffmann. Nun ja — aber wenn Sie einen Anderen heirathen wollen!

Oliva. Nun hören Sie mein letztes Wort! Sie wollen daß ich aus meiner Villa ausziehe!

Hoffmann. Ja, so bald als möglich!

Oliva. Nun gut! Ich thue es aber nur unter der Bedingung, daß Sie für einen Tag meinen Vater vorstellen!

Hoffmann. Mein Gott! Wen wollen Sie denn eigentlich heirathen?!

Oliva. Einen jungen Menschen, der mich für die Tochter eines Schiffscapitains hält, der das ganze Jahr auf der Reise ist!

Hoffmann. Und dieser olle ehrliche Seemann soll ich sein? Nein — das geht nicht!

Oliva. Warum denn nicht?

Hoffmann. Wenn das herauskäme — wenn meine Frau das erführe — ich kann doch nicht als Hochzeitsvater figuriren.

Oliva. (sehr liebenswürdig) Nur für einen Tag! Sie geben uns Ihren Segen und dampfen wieder ab nach Hongkong.

Hoffmann. Nach Hongkong? Was soll ich denn da?

Oliva. Ach doch nur angeblich als Capitain! Und später gehen Sie dann einmal mit Mann und Maus unter.

Hoffmann. Ich danke schön!!

Oliva. (schlingt ihren Arm um ihn, schmeichelnd) Ich würde Ihnen so dankbar sein — so dankbar —

Hoffmann. Na meinetwegen. Dann aber unter der Bedingung, daß Sie bestimmt ausziehen!

Oliva. Mein Wort darauf!

Hoffmann. Hm! Es wird aber doch nicht gehen! Ich weiß ja garnicht, wie ich mich als Schiffscapitain benehmen sollte?!

Oliva. Nun, das ist doch ganz einfach! Sie besorgen sich eine Uniform, stecken die Hände in die Taschen und gehen mit wiegendem Gange hin und her! (thut es) Sehen Sie so.

Hoffmann. (lachend) Sehr gut! (macht es nach) Ha! ha! Solche Kerle habe ich im vorigen Jahre in Hamburg gesehen — aber die waren gefährlich!

Oliva. Weshalb denn?

Hoffmann. Die spukten ganz fürchterlich — da mußte man sich ordentlich in Acht nehmen! —

Oliva. (lachend) Das müssen Sie auch thun, das erhöht die Echtheit. Und dann noch ein Paar Seemannsausdrücke, noch so einen echten Seemannsfluch und es hält Sie jeder für einen Capitain!

Hoffmann. Ha! ha! (geht breitbeinig auf und ab) Die Sache fängt an, mir Spaß zu machen — ha! ha! ich glaube, ich werde ein ganz famoser Capitain werden!

Oliva. Und wie stattlich Sie in der Uniform aussehen werden! Ich werde mich noch mehr in Sie verlieben!

Hoffmann. Wirklich? Ach Oliva!

Oliva. Jetzt besorgen Sie sich schnell eine Capitains=uniform.

Hoffmann. Jawohl! Wird gemacht! Ha, Ha, Sie sollen mal sehen, wie ich den echten Seefahrer herausbeißen werde! Auf baldiges Wiedersehen, geliebte Tochter! (umarmt sie)

Oliva. Adieu! Mein geliebter Vater!

Hoffmann. Ich werde ganz Vater sein — auf Wieder=sehen. (ab Mitte).

Oliva. Hurrah — jetzt geht alles nach Wunsch! (klingelt).

## Achte Scene.

### Oliva, Lilli.

Lilli. (von links). Fräulein haben geklingelt?

Oliva. Ja! Wenn der junge Herr heute wiederkommt, der schon zweimal hier war —

Lilli. Herr Hans Bergen.

Oliva. Ja! Dann erzählst Du ihm so en passant, daß mein Vater, der Schiffscapitain angekommen ist!

Lilli. Ihr Vater? Schiffscapitain? Das verstehe ich nicht!

Oliva. (giebt ihr Geld) Hier sind 20 Mark, verstehst Du jetzt?

Lilli. Jetzt fange ich an, zu begreifen!

Oliva. Nun also, ich erzähle Dir nachher, weshalb das geschieht.

## Neunte Scene.

### Vorige, Prezsinsky, dann Hans.

Prezsinsky (kommt trab mit einer Karte durch die Mitte). O — dieser Herr — bittet (er hopst auf der Stelle sobald es Oliva nicht sieht).

**Als Manuscript gedruckt.**

Oliva. Ach das ist ja — also Lilli Du weißt Bescheid — komme gleich wieder — lassen Sie den Herrn eintreten (ab links).

Prczjinsky. Schön (läuft ab).

Lilli. Na da bin ich aber begierig?

Hans. (durch die Mitte.) Pardon, ich dachte das gnädige Fräulein hier zu finden.

Lilli. Ich werde Sie sofort melden. Ob Fräulein Sie empfängt, ist aber sehr fraglich — da sie viel zu thun hat — ihr Vater ist nämlich angekommen!

Hans. Der Herr Capitain — ach welches Glück! O dann bitte melden Sie mich sofort.

Lilli. Ich hoffe, daß Fäulein Sie empfangen wird (im Abgehen) noch sehr grün der junge Mann. (ab links)

Hans (allein) Mir klopft das Herz! Ob sie mich empfangen wird? (geht nach rechts an den Tisch) Ach da steht ja ihr Bild! (betrachtet es) Wie schön sie ist — dieser Wuchs — diese feinen Linien — und diese lieben unschuldigen Augen.

Lilli (Ist schon früher wieder aufgetreten, steht hinter ihm, für sich) Menschenkenner!

Hans (schwärmend.) O ich möchte eine Symphonie in Weiß auf sie componieren!

Lilli (laut.). Hm! Hm! Das gnädige Fräulein (ab links hinten)

Oliva (von links, sehr bescheiden und zurückhaltend.) Mein Herr — —

Hans (feurig.) Welches Glück Sie wieder zu sehen, liebste Oliva! — (will ihre Hand ergreifen.)

Oliva. O bitte — das schickt sich wohl nicht!

Hans. Pardon! Aber die Freude, Sie wieder zu sehen riß mich zu diesem vivelle hin.

Oliva. Bitte wollen Sie nicht Platz nehmen! (setzt sich auf's Chaiselongue.)

Hans. Aber gern! (will sich zu ihr setzen).

Oliva (aufstehend.) O bitte nein — das würde sich wohl nicht schicken! Bitte dort auf den Puff. (Weist ihm einen Puff auf der anderen Seite an.)

Hans. Pardon! Wie Sie befehlen. (beiseite) Sie ist von einer Schüchternheit! Entzückend! (setzt sich) Andantino.

Oliva. Es ist ja von mir sehr kühn — Sie so allein zu empfangen und ich bitte Sie diesen Schritt nicht zu mißdeuten!

Hans. Wie können Sie glauben!? Ich bin ja so glücklich, Sie wiederzusehen, zumal jetzt wo ihr Herr Papa angekommen ist.

Oliva. Leider muß er morgen schon wieder abreisen für lange Zeit —

Hans. Schon morgen?! O liebste Oliva, dann muß ich sprechen, dann drängt sich mir das Wort auf die Lippen, welches ich sonst vielleicht noch lange im Schrein meines Herzens verborgen hätte (sieht auf und kniet vor ihr nieder) Oliva werden Sie die meine!!

Oliva (verschämt.) O bitte — sprechen Sie mit meinem Papa!!

Hans (selig.) Engel, Du sagst ja?(will sie umarmen)

Oliva. O bitte nicht so stürmisch. Wir sind allein — das schickt sich nicht!

Hans (für sich.) Süße Unschuld!! Also tempo moderato.

Oliva. Werden denn aber Ihre Verwandten mit unserer Hochzeit einverstanden sein!?

Hans. Ach wenn sie Sie sehen, so werden sie entzückt sein, ganz **andante** und mich um mein Glück beneiden.

Oliva. Wer weiß?!

Hans. Im Uebrigen bin ich, wie ich Ihnen schon sagte, selbstständig, habe mein eignes Vermögen und würde einer ganzen Welt allein trotzen, um Sie zu erringen. resoluto

Oliva. Wie Sie mich lieben —

Hans. Mehr als mein Leben, — hier überreiche ich Dir den Verlobungsring, den ich schon vorhin pianissimo gekauft.

Oliva. Ach ist der schön — blaues Herz mit Pfeil — reizend —

Hans. Und nun darf ich wohl um den Verlobungskuß bitten?

Oliva (verlegen) Ja — nun — das heißt, warten wir bis Papa da ist —

Hans (für sich.) Reizendes Geschöpfchen (laut) Da Ihr Papa so schnell fort muß — Sie allein hier sind — wollen wir recht schnell Hochzeit — **Allegro vivacci** machen.

Oliva. Ach ja — aber — — wir machen keine Hochzeit, einfache Trauung — und dann fort aus Berlin.

Hans. Ganz mein Fall — staccato!

Oliva. Wir kaufen uns im Auslande an.

Hans. Jawohl — so eine kleine lauschige Villa im Grünen — **Crescendo**.

Oliva. Ach es wird reizend werden — bei Tage gehen wir spazieren durch unseren Garten und pflücken Blumen.

Hans. Und Abends — (für sich) **Animato**.

Oliva. Abends setze ich mich ans Clavier und spiele Ihre Lieblingslieder!

Hans. Und dann — (für sich) **Molto** —

Oliva. Dann wird es allmählich Zeit sein um — (sie verstummt.)

Hans (hingerissen.) Ach liebste süße Oliva — ich muß Sie küssen **piccicato** (will sie umarmen).

Oliva (aufspringend, klingelt.) Lilli!

Lilli (von links.) Gnädiges Fräulein befehlen?

Oliva. Bleibe hier —!

Hans! Sind Sie mir böse?!

Oliva. Sie sind zu stürmisch — das schickt sich nicht. Kommen Sie später wieder, wenn Papa da ist.

Hans. Jawohl — dann spreche ich gleich mit ihm, und hole mir das Jawort! Bis dahin auf Wiedersehen! Meine Einzige — Süße — Angebetete!!! (geht auf sie zu)

Oliva (abwehrend.) O! Bitte — das schickt sich nicht!! **Moderato**!

Hans. Pardon (tiefe Verbeugung, ab Mitte)

Lilli (lacht.) Ach Gott, ist der komisch.

Oliva (streng.) Da ist garnichts Komisches dabei, Lilli — er wird mein Ehegemahl —

Lilli (erstaunt.) Ehegemahl?! (für sich) und das soll nicht komisch sein. (laut) Ja das ist ganz was anderes. Meinen herzlichsten Glückwunsch.

## Zehnte Scene.

**Vorige. Preczinsky** (durch die Mitte,) dann **Elsa**.

Preczinsky (im Zickzack) Es ist eine D — Dame draußen, die Sie zu sprechen verlangt!

Oliva. Ihr Name?

Preczinsky. Sie wolte ihren — N — Namen nicht nennen!

Lilli (ab links.)

Prczsinsky (läßt Elsa eintreten dann ab.)

Elsa (rauscht herein und mustert Oliva von Kopf bis zu Fuß.)

Oliva. Ich habe Sie empfangen, trotzdem Sie sich geweigert haben, Ihren Namen zu nennen —

Elsa. Auch den Dienstboten noch meinen Namen nennen, damit sie über mich lachen?! Mein Name wird leider hier nur zu bekannt sein, denn mein Mann betrügt mich mit Ihnen, mein Fräulein!

Oliva. Ah! (beiseite) Mayens Frau!!

Elsa. Jawohl! Sie sehen in mir eine unglückliche Frau, weil ich meinen Mann trotz alledem liebe, und deshalb bin ich hier, um diesem Verhältniß gewaltsam ein Ende zu machen und ihn zu verhindern, daß er sich ferner an Sie wegwirft!!

Oliva. Ah! Das ist zu stark!!! Sie machen mir Vorwürfe?! Habe ich Ihren Mann mit meiner Liebe verfolgt oder er mich, hat er nicht um einen Kuß von mir zu meinen Füßen gebettelt?! Hat er mir nicht geschworen, daß er nur mich allein liebe, und daß er sterben müßte, wenn ich ihn nicht erhöre!?

Elsa (bricht in Thränen auf einem Sessel zusammen). O mein Gott — wie bin ich unglücklich! — (schluchzt und sinkt auf den Puff rechts.)

Oliva (sieht sie an, mitleidig, geht zu ihr hinter den Tisch und spricht über den Tisch zu ihr). Nun, das müssen Sie sich nicht so zu Herzen nehmen! Männerschwüre — sind überhaupt keine Schwüre.

Elsa. O lassen sie mich, ich hasse Sie. Sie sind an allem Schuld!!

Oliva. Ich bin schuld!? Soll ich Ihnen mal sagen, wer eigentlich schuld an Ihren Thränen hat? Sie, jawohl, Sie ganz allein!!!

Elsa. Ich?!?!

Oliva. Natürlich Sie! weshalb haben Sie ihn nicht zu fesseln gewußt, weshalb haben Sie ihn nicht mit all den tausend Mitteln der weiblichen Koketterie und Verführungskunst so bezaubert, daß er nur Ihnen zu Füßen lag?

Elsa (stolz). Ich bin eine anständige Frau!

Oliva. Die anständige Frau?

**Als Manuscript gedruckt.**

Elsa (empört). Damit wollen Sie doch nicht sagen —
Oliva. Damit will ich sagen, daß die Männer die Abwechselung lieben, selbst die besten und treuesten bekommen zu Zeiten eine förmliche Sehnsucht nach Pikanterie und die Frau, die es versteht, neben der braven Hausfrau auch eine begehrenswerthe Pikanterie zu besitzen, wird nie für die eheliche Treue ihres Gatten zittern müssen!
Elsa. Sie meinen also?
Oliva. Ich meine, daß Sie sich meine Worte zu Herzen nehmen sollen und beruhigt nach Hause gehen, denn zwischen Ihrem Mann und mir ist alles aus!!
Elsa. Darf ich Ihnen glauben?!
Oliva. Wenn ich es Ihnen sage, ich heirathe in den nächsten Tagen und verlasse Berlin auf immer.
Elsa. Wirklich!? Ach ich würde aufleben, wenn mein Mann —

## Elfte Scene.

**Vorige, Preszinsky dann Max.**

Preszinsky (mit Karte auf Tablette).
Oliva. Pardon! (liest Karte) Ach!! (zu Elsa) Ihr Mann!
Elsa. Mein Mann?!
Oliva. Das trifft sich herrlich, nun will ich Ihnen gleich eine kleine Lektion über Koketterie geben, (beiseite) und mich an ihm rächen!
Elsa. Was wollen Sie thun?
Oliva. Sie sollen sehen wie leicht die Männer zu behandeln sind — und eine kleine Demüthigung vor Ihnen kann ihm garnichts schaden — treten Sie bitte hier ein (öffnet links) Horchen Sie, aber Sie dürfen nicht kommen, bis ich Sie rufe —
Elsa. Aber —
Oliva (zu Preszinsky). Ich lasse bitten — schnell hinein! (schiebt sie links hinein)

## Zwölfte Scene.

### Vorige. Max

Oliva (wirft sich schnell auf die Chaiselongue, preßt das Taschentuch an die Augen und weint leise).

Max (sehr erregt). Guten Tag Oliva, Was sagt mir mein Schwiegervater, Sie wollen die Villa nicht verlassen? — Aber — was haben Sie — sie weinen?!?¹ (setzt sich auf den Puff links.)

Elsa (die Thür ein wenig öffnend). Das ist ja Werner?

Oliva (matt). Ach lassen Sie mich, Sie haben mir diese Thränen erpreßt und jetzt kommen Sie auch noch um sich an meinem Unglück zu weiden?

Max. Unglück? Sie sollen 120,000 Mark für die Villa haben, ist das ein Unglück?

Oliva. Max?! Und den Verlust unserer Liebe — — rechnen Sie den für nichts?!

Max. Sie werden sich schnell zu trösten wissen!

Oliva. Nein Max — ich fühle es, ich werde es nicht überleben. Ach, mein Kopf. Bitte Max — legen Sie mir die Kissen doch besser — das werden Sie wohl für mich noch thun!

Max. Gewiß! Gern! (geht nach hinten, ums Tischchen herum zu ihr, will ihr die Kissen zurecht legen.)

Oliva. (schlingt beide Arme um seinen Nacken, sehr leidenschaftlich.) Max!! Ich kann Dich nicht lassen. Ich fühls, es wäre mein Tod, hab Erbarmen.

Max. (sich losmachend) Oliva was soll das?

Oliva. Du bist der einzige Mann gewesen, den ich wirklich geliebt habe — sieh Max — Fürsten liegen zu meinen Füßen und bieten mir kolossale Reichthümer an und ich — ich lasse sie liegen!

Max. (für sich) Aber nicht lange.

Oliva. Max — womit beweise ich Dir, daß meine Liebe zu Dir echt ist —

Max. Verlassen Sie Berlin und Ihre Villa, das wäre ein echter Freundschaftsdienst!

Oliva. Diese Villa? — (ringt die Hände) Diese Villa!!! (zieht ihn wieder aufs Chaiselongue) Max, gedenkst Du nicht der schönen Stunden, die wir hier verlebt?

Max. (widerstrebend) Oliva — keine Rückblicke —

Oliva. (schlingt ihre Arme um ihn) Wenn Du ermüdet von Geschäften und von der Langweiligkeit Deiner Akten bei mir Erholung, Anregung suchtest, war ich Dir nicht stets eine heitere Geliebte, die Dir die Sorgen von der Stirn küßte!?!

Max. Gott — ja —

Oliva. Wie oft hast Du dann gerufen: Oliva Du bist die Heiterkeit und die Lebensfreude selbst, (mit Betonung) zu Hause ist Alles langweilig, grau in grau!

Max. Alles wahr, indessen —

Oliva. War ich nicht für Dich der Inbegriff der Eleganz — wie freutest Du Dich über meine Toiletten, weil die Frauen Deiner Bekannten stets so spießbürgerlich gekleidet waren (wieder mit Bezug sprechend.)

Max. Ja Oliva — schön warst Du immer!

Oliva. Nun siehst Du — und auf all' dieses willst Du Verzicht leisten — (umschlingt ihn wieder) Denkst Du nicht mehr jener traumhaft schönen Stunden, wo ich unter Deinen Küssen selig erschauerte.

Max. Oliva ich bitte Dich — laß mich —

Oliva. Fühle doch, wie mein Herz Dir entgegen schlägt — ach Max — Du bist so schön — so elegant — nie werde ich einen Mann so lieben wie Dich!

Max. Oliva — Du bist ganz außer Dir. — So kenne ich Dich ja garnicht!

Oliva. Geh nicht fort — bleibe bei mir, wie ehemals. Ich kann's nicht glauben, daß mich der Max verlassen will, zieht ihn nieder zu sich auf's Chaiselongue) so — wir schlossen dann traumselig die Augen — und küßten uns — küßten uns — (thut es) ach!

Max. Oliva — Zauberin — was machst Du mit mir!

Oliva. Und auf dieses Glück sollten wir verzichten? — das ist unmöglich! Max — (küßt ihn) das kann nicht sein!

Max. Du hast recht — Dich verlassen wäre Thorheit — die Vergangenheit soll wieder aufleben — ich kehre wieder zu Dir zurück —

Oliva. Kann ich Dir trauen, Max?

Max. Hier zu Deinen Füßen schwöre ich Dir — (kniet nieder und will sie umschlingen.)

Oliva (entwindet sich ihm, springt auf, stößt die Thüre auf (und ruft) Frau Werner — da haben Sie Ihren Gatten!!!

(zu Max) So, das war meine Rache!! Ja lieber Freund, Oliva wirft man nicht ungestraft fort! (rauscht hinaus, links hinten.)

Elsa (kommt langsam heraus, sieht Max kopfschüttelnd an, ohne ein Wort zu sagen.)

Max (ist zuerst erschrocken, dann sehr bestürzt, erhebt sich jetzt sehr verlegen, klopft sich die Knie ab, sieht Else an, will reden, nimmt dann schweigend seinen Hut, bietet Else den Arm, den diese stillschweigend nimmt und geht mit ihr langsam Mitte ab).

## Dreizehnte Scene.

(Kleine Pause.)

**Oliva.** Dann **Preszinsky.** Dann **Bogumil.**

**Oliva** (steckt den Kopf zur Thüre heraus). Ich höre nichts. Was ist das? Das ist ja sehr ruhig abgegangen. Wenigstens habe ich meine Rache gehabt und bin ihn los! Wenn nur erst mein Vater da wäre! Hans kann jeden Augenblick hier sein!

**Preszinsky** (in Zickzack durch die Mitte mit Visitenkarte). Dieser Herr —

**Oliva.** Das wird er sein. (liest) Nein der Fürst! Ach der kommt mir sehr ungelegen! Sagen Sie, ich wäre nicht zu Hause.

**Fürst** (in der Thüre). Ah wie freue ich mich — liebste Oliva —.

**Preszinsky** (ab).

**Oliva** (für sich). Wie unangenehm — wie bekomme ich ihn nur fort?!

**Fürst** (überreicht ihr einige Rosen). Darf ich bitten —

**Oliva.** Ah danke, zu liebenswürdig (reicht ihm die Hand).

**Fürst** (küßt die Hand). Darf ich mich nach Befinden erkun—digen? (für sich, er sieht den Ring, bricht ab.) Dieser Ring?!?! —

**Oliva** (auf und abgehend, nachdenkend, wie sie den Fürsten fortbringt). Ach leider ist mein Befinden gar nicht gut — ich habe Migräne, Kopfschmerzen — —

**Fürst** (noch ganz starr). Dieser Ring — darf ich Sie bitten, mir den Ring zu zeigen?!

**Oliva.** Welchen?

Als Manuscript gedruckt.

Fürst. Den mit dem blauen Herzen und dem Diamant=
pfeil —.

Oliva. Er ist hübsch, nicht wahr? (giebt ihm den Ring, beiseite.) Wenn er doch ginge.

Fürst (hat den Ring betrachtet, für sich). Es ist mein Ring — sie ist meine Tochter — (beiseite) aber was zweifle ich noch, ganz meine Nase — ganz mein Mund, ganz meine Augen — ganz mein Ebenbild!!

Oliva (ungeduldig für sich). Was hat er denn nur — warum starrt er mich so an? Wenn er nur ginge. —

Fürst (giebt ihr den Ring). Mein armes Kind! Dieser Ring — o ich bin so bewegt! (setzt sich.)

Oliva (für sich). Ich muß ihn fort haben um jeden Preis. Er könnte mir alles verderben!!

Fürst. Dieser Ring ist wohl ein Erbstück?

Oliva (ungeduldig auf und ab, hört kaum auf ihn). Ja — ja!

Fürst. Von Ihrer Mutter?

Oliva (wie oben). Ja! ja! (beiseite) er ist schrecklich mit seiner Fragerei!

Fürst Und Ihre liebe Mutter — lebt sie noch?

Oliva. Nein, die ist schon lange todt — schon sehr lange. —

Fürst (gerührt). Also todt!! Meine gute Clotilde ist also doch todt (schaut sie wehmüthig an). Natürlich armes Kind — ohne Mutter — ohne Halt — und so ist es so weit mit Dir gekommen!

Oliva (sehr ungeduldig). Mein lieber Fürst — ich er= warte Besuch — mein Vater ist angekommen. —

Fürst (fährt empor). Dein Vater? Der alte Capitän lebt also noch?

Oliva (erstaunt). Ja woher wissen Sie denn — —?

Fürst. Nun Sie sagen es mir ja eben! Oh ich freue mich sehr ihn kennen zu lernen — den Vater, (beiseite) ich werde ein ernstes Wort mit ihm reden.

## Vierzehnte Scene.
**Vorige. Hoffmann** durch die Mitte.

Hoffmann (in Capitainsuniform, hat eine dicke Backe als ob er primt, geht übertrieben breitbeinig und spuckt alle Augenblicke.)

Guten Tag, mein Kind! Potz Back- und Steuerbord! Du hast Besuch!

Oliva. Ah — mein Vater!

Hoffmann. (leise) Na bin ich nicht brillant als Capitain?

Oliva. Famos! Gestatte, daß ich Dir Fürst Lanzky vorstelle — mein Vater!

Fürst. Ist mir sehr angenehm, Ihre Bekanntschaft zu machen —

Hoffmann. Mir auch! Potz Back und Steuerbord — (spuckt auf den Boden)

Fürst. (springt unwillkürlich etwas zurück) Ein echter Seebär!!

Oliva (leise zu Hoffmann) Werfen Sie mir den Menschen heraus — ich kann ihn absolut nicht gebrauchen!

Hoffmann (ebenso) Soll bestens besorgt werden! Potz Back und Steuerbord. Ja Steuerbord (spuckt nach dem Fürsten hin. Dieser retirirt.)

Oliva. Sie entschuldigen mich, bester Fürst — mein Vater wird Ihnen Gesellschaft leisten. (ab links.)

Fürst (sieht Hoffmann an, für sich) Also das ist der alte Oliva!! (auf ihn zu) Sie sollten sich etwas schämen, mein Herr!

Hoffmann. Wie? Ich?

Fürst. Wie konnten Sie Ihre Tochter so ohne Aufsicht und Schutz lassen? O pfui mein Herr!

Hoffmann. Was fällt Ihnen denn ein? (spuckt wieder) Potz Steuer und Backbord!

Fürst (springt zurück). Vor Ihnen möchte ich ausspucken!

Hoffmann. Prinzen Sie auch?

Fürst. Lassen Sie diese Witze! O Sie verdienen es garnicht — der Vater von meinem Kinde zu sein!

Hoffmann. Was?? Ich bin der Vater von Ihrem Kinde?

Fürst. Nun natürlich! da Ihre Frau todt ist —

Hoffmann (faßt sich an den Kopf) Was! Meine Frau ist todt?

Fürst (fortfahrend) Kann ich es Ihnen sagen. Ich habe mit Ihrer Frau ein Verhältniß gehabt!

Hoffmann (auf ihn los) Herr Sie unterstehen sich?!!

Fürst. Oliva ist meine Tochter.

Hoffmann (ganz beruhigt) Ach so!!! (spuckt aus, besinnt sich) Potz Back und Steuerbord, das ist aber doch!

Fürst. Nicht nöthig zu fluchen. Ich stehe Ihnen noch nachträglich zu Diensten — Ich bitte um Ihre Karte mein Herr! —

Hoffmann. Habe leider keine bei mir! Na, Sie kennen mich ja. Bin sehr erfreut Ihre werthe Bekanntschaft zu machen. (schüttelt ihm die Hand.)

Fürst. Sie zürnen mir also nicht?

Hoffmann. I bewahre — wo werd ich denn?

Fürst (bei Seite) Er ist kein Gentleman. (laut) Sie werden begreifen, daß ich mein Kind jetzt zu mir nehmen werde!

Hoffmann. Natürlich! Natürlich! Ich gebe sie Ihnen gern!!

Fürst. Nun ja — ist ja begreiflich — Sie haben eben nicht die echte Vaterliebe für sie!

Hoffmann. Nee, hab' ich auch nicht! Drum weg mit des Kind (spuckt) Potz Back und Steuerbord.

Fürst (wie oben) Ein ganz gewöhnlicher Mensch.

Hoffmann. Und ihren Verlobten können Sie denn auch gleich mitnehmen.

Fürst. Sie ist verlobt?

Hoffmann. Jawohl! Uebermorgen soll schon die Hochzeit sein.

Fürst. Ah! Wer ist dieser edle junge Mann, der sie zu seinem Weibe machen will?

Hoffmann. Gott, irgend ein überspannter Fatzke, wer fällt denn sonst so schnell rein!!

Fürst. Herr! Sprechen Sie nicht so von dem Verlobten meiner Tochter — Sie sollten doch Gott danken — daß sich ein braver Mann gefunden hat, der sie heirathen will und die faux pas ihrer Erziehung wieder gut macht. —

Hoffmann. Ich habe ja auch nichts dagegen. Sie kann heirathen, wen sie will und nun da Sie als Hochzeitsvater da sind — kann ich ja wieder in See stechen.

Fürst. Wie Sie wollen fort?

Hoffmann (bei Seite). Jetzt braucht mich Oliva ja nicht mehr! (laut) Ja mein Steamer stampft unruhig die Wellen, er ist nicht mehr zu halten — ich muß nach Hongkong!

Fürst. So weit?

Hoffmann. Das ist für mich eine Spazierfahrt. Und wenn ich dann mit Mann und Maus untergehe!

Fürst. Sie werden doch nicht?

Hoffmann Warum soll ich nicht? Wollen Sie mich etwa daran hindern? (geht auf den Fürsten zu) Leben Sie wohl Fürst und machen Sie meine eh — Ihre — eh — unsere Tochter glücklich. Und wenn ich nicht wiederkommen sollte, so weinen Sie mir eine Thräne nach. (spuckt) Ohoi!! Ohoi!! Potz Steuer und Backbord. Muß das Oliva mittheilen (ab links).

## Fünfzehnte Scene.
### Fürst. Dann Hans.

Fürst ihm nachblickend). Es ist besser, daß er geht — denn zwei Väter wäre zu viel gewesen!

Hans (durch die Mitte). Ein Herr? Gestatten Sie mein Herr — Hans Bergen — ich bin der Zukünftige von Oliva

Fürst (entzückt). In meine Arme mein lieber Sohn — ich bin Olivas Vater!

Hans (überschwänglich). Vater! Du willigst also ein?

Fürst. Aber natürlich! Wann ist denn Hochzeit?

Hans. Ich hoffe so bald als möglich! in vivace tempo!

Fürst. Gewiß! Und wieviel willst Du Mitgift? Sind fünf- oder sechsmal hunderttausend Mark genügend?

Hans. O bitte, auf Mitgift sehe ich nicht!

Fürst. Nimm nur! Geld ist immer gut! Ich kauf Euch auch ein Schloß, Pferde und Wagen. Alles, was Du willst! O mein lieber Sohn sag mir, Deine Eltern sind sie auch einverstanden?

Hans. Ich eile sie herzuholen, o sie werden jubeln über mein Glück! Bitte grüßen Sie meine Braut. —

Fürst. Aber nicht „Sie"! Sagen wir doch „Du" zu einander! (breitet seine Arme aus).

Hans. Aber gerne lieber Vater! (Umarmen und küssen sich.) Bin gleich wieder hier! Auf Wiedersehen (ab Mitte).

## Sechszehnte Scene.
### Fürst. Dann Secretair. Dann Oliva.

Fürst. Auf baldiges Wiedersehen (ihm nachblickend) Ein lieber prächtiger Junge! Aber soll das jetzt hier auch

**Als Manuscript gedruckt.**

anders werden! Oliva muß seiner wieder würdig werden. Ich werde mal vor allem das Haus ein wenig säubern!

Secretair (durch die Mitte). Ah — sieh da, Sie sind so allein — ich werde Madame sofort benachrichtigen.

Fürst (bei Seite). Der kommt mir gerade recht. (laut) Du wirst Madame nicht benachrichtigen! Du wirst Madame überhaupt nicht mehr benachrichtigen — Du wirst —

Secretair. Was wollen Sie damit sagen?

Fürst. Damit will ich sagen Du wirst Dich sofort hinausscheeren!

Secretair. Hinaus? Ich — der Baron von Sternthal?

Fürst. Jawohl, aber etwas plötzlich!

Secretair. Sie werden unverschämt mein Herr — mit welchem Recht?!

Fürst. Mit dem Recht des Vaters! Ich bin der Vater von Oliva.

Secretair. Ach jo! Sie sind der sogenannte Schiffskapitain? (lacht.) Guter Witz!

Fürst. Ach nix sogenannter Kapitain, ich bin der wirkliche Vater. (Kommt von links).
(schreit.) Und darum hinaus mit Dir — oder — —

Oliva. Was, geht denn hier vor?

Secretair. Dieser Herr scheint verrückt zu sein!

Fürst (auf ihn los). Kerl ich —

Secetair (retirirt hinter den Tisch). Er behauptet — er sei Ihr Vater — will mich rauswerfen.

Oliva. Was Sie mein Vater?

Fürst (sehr freundlich). Aber gewiß! mein liebes Kind! Ich bin Dein — spürst Du denn nicht hier drinnen — daß ich Dein Vater — (geht auf sie zu, öffnet die Arme.) an meine Brust — Kind

Oliva (retirirt ebenfalls). Kommen Sie mir nicht zu nah — mit welchem Rechte geben Sie sich als mein Vater aus —

Fürst. Kindchen — der Ring — den Du trägst — das blaue Herz mit dem Pfeil ist von mir, ich gab ihn einst Deiner Mutter, meiner Geliebten!

Oliva. Den Ring! (lacht.)

Fürst. Natürlich! Hast Du mir doch selbst gesagt, daß es ist Erbstück von Deiner Mutter!

Oliva. Ach was Unsinn! den Ring habe ich heute geschenkt bekommen!
Fürst. Was?! Nicht von deiner Mutter? Ja dann bist Du ja garnicht meine Tochter —
Oliva. Aber keine Idee!!!


## Siebzehnte Scene.

**Vorige** dann **Hans** durch die Mitte, dann **Clotilde**, dann **Hoffmann**.

Hans (freudestrahlend). Liebste Oliva! Meine Mutter ist im Vorzimmer (nimmt sie bei der Hand, zum Fürsten) Lieber Vater, wir bitten um Deinen Segen!
Fürst. Aber junger Mann Du wirst doch diese Person nicht heirathen wollen?
Hans. Aber Papa? was sagst Du?
Fürst. Ich bin nicht Dein Papa und auch nicht ihr Papa! und die 500,000 Mark kriegst Du auch nicht und auch kein Schloß und keine Pferde und Wagen —
Hans. Aber Du sagtest doch!
Fürst. Du kannst wieder „Sie" zu mir sagen!
Hans. Aber Oliva — klären Sie doch das Mißverständniß auf
Secretair und Oliva (machen Zeichen, daß Bogumil übergeschnappt).
Hans. Ja sind Sie denn nicht der Kapitän — der Vater Olivas?
Fürst. Gott sei Dank — nein! Ich bin der Fürst Bogumil Lansky.
Oliva (bedeutet Hans, daß der Fürst übergeschnappt sei) Mein Vater ist hier — ich hole ihn — (links ab.)
Hans. Gott sei Dank — dann ist ja alles gut.
Clotilde (durch die Mitte). Aber Hans, wie lange soll ich denn noch im Vorzimmer warten?
Hans. Verzeih Mama — ein Mißverständniß.

5*

Oliva (führt Hoffmann von links heraus) Gestatte lieber Hans — hier mein Vater! hier mein Bräutigam!

Clotilde. Mann?! Rudolf!! (auf ihn zu.)

Hans. Vater!?

Hoffmann. Meine Frau! — Steuer und Backbord!! (sucht sich entsetzt in's Chaiselongue einzugraben.)

Vorhang.

## Dritter Akt.

Decoration wie in Akt I.

### Erste Scene.

**Louise, Max.**

(Louise sitzt links am Nähtisch, mit einer Handarbeit. Max geht unruhig auf und ab, raucht nervös, hastig.)

Louise. Aber lauf' doch nicht so unruhig umher, wie ein Bär im Käfig, Du machst mich nervös!

(Kleine Pause.)

Max. Hat es nicht eben geklingelt?

Louise. Nein! Was hast Du nur?

Max. Ich begreife garnicht, wo Schwiegervater so lange bleibt. Er müßte schon lange hier sein.

Louise. Wo ist denn Papa hingegangen?

Max. Wo er hingegangen? Nur ein Geschäftsgang.

Louise. Wenn er nur bald käme — wir wollen doch ausfahren. Die Villa besichtigen —

Max. (schnell) Nein, das geht heute nicht.

Louise. Weshalb denn nicht?

Max. Eh — die — weil — nanu, Mama ist ja auch noch nicht zurück — verschieben wir's lieber auf einen anderen Tag! —

Louise. Ich wundere mich, wo Mama so lange bleibt — Hans kam angestürmt und nahm sie mit! Ich hörte so etwas von Verlobung. So sage mir doch, was ist denn im Werke?

Max. Liebes Kind, Du kennst ja den überspannten Hans mit seinen farbigen Ideen!

**Als Manuscript gedruckt.**

Louise. Ja, er schillerte in sämmtlichen Regenbogenfarben — ich werde mir ihn nachher vornehmen und dann muß er beichten. Hast Du übrigens nichts mehr von dem Fürsten gehört? Ich habe doch sehr über ihn gelacht. (kopirt) Bist Du meine Tochter — (lacht).
Max. Nein, Gott sei Dank nicht! Ich habe die ganze Sache einem Detectivbureau zur Nachforschung übergeben.
Louise. Nimm Dich nur in Acht, daß Du nicht so schlecht bedient wirst wie ich — (eilt auf ihn zu und küßt ihn) Mein armer, lieber Max! Ich hatte Dich in solch' schlimmem Verdacht! Du Guter, Du Lieber!
Max (unbehaglich) Ja — ja —
Louise. Du — Märchen — ich hätte eine große Bitte!
Max. Was denn?
Louise. Verkehre nicht mehr mit dem Heyden — ich fürchte, er wird Dich noch verderben!
Max. Wenn Du es wünschest, mein Kind, gewiß! (bei Seite) Mir um so angenehmer!
Louise. Schneide ihn nur recht, wenn Du ihn wiedersiehst.
Max. Jawohl, ich werde ihn gehörig schneiden!
Louise. Er soll merken, wie wir über ihn denken — seine liebe gute Frau zu betrügen, mit dieser Oliva —!
Max (sehr verlegen) Ja es ist schändlich! (sieht Heyden von rechts vorn eintreten) Allmächtiger, da ist er!

## Zweite Scene.
### Vorige. Heyden.

Heyden. Guten Tag!
Louise (für sich, empört) Heyden! Er wagt es!
Max (sehr verlegen, geht Heyden außerordentlich liebenswürdig entgegen) Ach, mein lieber Heyden — wie freue ich mich — das ist ja reizend! Du hast den Hut in der Hand — bist wohl nur auf einen Sprung? Aber so lege doch ab?
Heyden (leise) Hast Du schon Deiner Frau gebeichtet?
Max (ebenso) Nein, ich konnte noch nicht!
Heyden. Das find' ich aber —
Louise (zieht Max am Aermel) Aber Max, das nennst Du schneiden?

Max (verlegen). Gott, so gleich geht das doch nicht — ich werde schon anfangen — zu schneiden!

Heyden (begrüßt Louise, zu ihr gehend). Liebe gnädige Frau — Sie sehen reizend aus!

Louise (dreht ihm den Rücken). So?!

Heyden (zu Max). Was hat sie denn?

Max (leise). Ach, laß' sie nur — sie hat ihre Migräne!

Heyden. Oh — das thut mir leid — da sollten Sie kalte Umschläge machen — das hilft!

Louise (scharf). Die kalten Umschläge würden Ihnen auch recht gut thun!

Heyden. Wie meinen Sie das?

Louise. Ach, verstellen Sie sich doch nicht so! Das nutzt Ihnen nichts mehr. Elsa hat mir Alles gesagt.

Heyden. Elsa?

Max (für sich). Ach, Du lieber Gott!

Louise. Sie sollten sich was schämen, Ihre arme liebe Frau so zu behandeln!

Heyden. Ich?!! Max, was sagst Du dazu?

Louise. Sie so zu betrügen — so zu hintergehen — oh!

Heyden. Ich?!? Ja, Max, sagst Du denn garnichts?

Max (in tödtlicher Verlegenheit). Ich — ach Gott — was soll ich denn dazu sagen?

Louise. Dir fehlen vor Entrüstung die Worte! — Lassen Sie nur meinen lieben guten Mann in Ruh! — Sie Don Juan — er wird nicht mehr mit Ihnen verkehren. — Er hat's mir versprochen!

Heyden. Ha — das ist doch aber, Max —?!

Louise. Und Ihre Frau wird sich von Ihnen scheiden lassen.

Heyden. Meine Frau?!

Louise. Natürlich — oder glauben Sie, eine Frau ließe sich so etwas bieten?

## Dritte Scene.
### Vorige. Elsa.

Max (für sich). Jetzt ist's aus!

Elsa (von rechts vorn auf Heyden zu, fällt Heyden um den Hals). Bruno — Gott sei Dank! Da bist Du ja!!!

Louise. Was — Du umarmst Deinen Mann?!

Elsa. Ja, warum soll ich ihn denn nicht umarmen? Erst recht umarme ich ihn! (küßt Heyden).

Louise. Das Scheusal?!

Elsa. Mein Mann — ein Scheusal? dafür kriegt er noch einen Kuß! (thut es) Aber Louise, er ist ja ganz unschuldig!

Louise. Unschuldig?!

Elsa. Aber natürlich — ich habe mich selbst davon persönlich überzeugt. Nicht wahr, Herr Doctor?

Max (für sich). Wenn ich nur draußen wär'!

Louise. Wie? Er ist unschuldig?! Aber Du sagtest doch —

Elsa. Ich glaubte es ja auch — aber ich bin jetzt vom Gegentheil überzeugt!

Louise. Wodurch denn?

Elsa. Durch Deinen Mann — nicht wahr Herr Doctor?

Louise. Max?! — Du weißt, daß Heyden unschuldig ist — und sagst es mir nicht? Das finde ich unbegreiflich!

Elsa. Denke Dir! Es ist ein guter Bekannter von uns — der meinen lieben Mann in diesem Verdacht gelassen, trotzdem er selbst —

Max (macht Elsa Zeichen zu schweigen).

Louise (auf Max zu). Was sollen diese Zeichen? Max, mir steigt ein schrecklicher Verdacht auf — Max! — Nenne den Namen — oder —

Max (für sich). Nun ist's aus!

Elsa. Soll ich vielleicht den Namen nennen?

## Vierte Scene.
### Vorige. Clotilde.

Clotilde (von links hinten, weinend, sehr aufgeregt). Ach-Ach! — Ich kann nicht mehr!! (sinkt auf den Puff am Schreibtisch. Alle bemühen sich um sie.)

Louise. Mamachen — was ist Dir?

Heyden. Gnädige Frau!?

Elsa. Was ist Ihnen passirt?

Max (für sich). Gott sei Dank — zum ersten Mal sehe ich die Schwiegermutter gern!

Clotilde (außer sich). Es ist empörend! Eine Schmach! — Oh — das überlebe ich nicht!
Max (für sich). Falsche Versprechungen!
Louise. Mamachen! So beruhige Dich doch!
Clotilde. Aber nein — ich werde leben! (aufspringend) Haha! (lacht nervös) Sterben — jawohl, das könnte ihm passen!! (geht erregt nach links vorn).
Louise. Wem denn?
Clotilde. Deinem Vater — dem Elenden!
Louise. Aber Mama — wie kannst Du nur —
Clotilde. Ich sollte es Dir verbergen, — aber ich muß Deinen unschuldigen Mann von jedem Verdacht reinigen, denn Max ist unschuldig — Dein Vater ist der Elende, der mich mit dieser Oliva betrügt!
Louise. Was? Papa?
Elsa. Aber nein!
Heyden. Ihr Mann?
Max (bei Seite). Nanu? — Da bin ich ja schön raus!?!
Clotilde. Jawohl! Ich traf ihn bei ihr, er verkehrt da so ungenirt — daß er sich sogar dazu hergiebt, ihren Vater vorzustellen!
Louise. Ihren Vater?
Elsa. Weshalb denn?
Heyden. Das ist doch merkwürdig!
Max (bei Seite). Macht ja nette Sachen, der Alte!
Clotilde. Und was das Entsetzlichste ist, meinen braven Hans hat diese Person ebenfalls in ihre Netze gezogen!
Louise. Hans?!
Clotilde. Natürlich! Diese Oliva ist ja die Person, die er heirathen wollte —
Elsa. Der auch?
Max (für sich). Oliva scheint ein Familienübel zu sein!
Louise. Das ist ja schändlich! (zu Elsa und Heyden) O, nun verstehe ich Eure Anspielungen von vorhin. (zu Max) Mein lieber guter Max — wie mußt Du gelitten haben unter dem Druck dieses Geheimnisses!
Max. Ja, sehr!
Clotilde. Jawohl, mein lieber Schwiegersohn — (umarmt ihn). Du bist ein braver Mensch!
Max. Ja — jawohl — ich bin —

Als Manuscript gedruckt.

Heyden (leise zu Max). Du kannst doch Deinen Schwiegervater nicht in diesem Verdacht lassen.

Max (ebenso). Wer weiß, was der angestellt hat!

Clotilde. O, dieser Heuchler läßt es ruhig geschehen, daß Max in einen falschen Verdacht kommt — oh, diese Schlechtigkeit!

Heyden (bezüglich). Ja — es ist eine große Schlechtigkeit —!

Elsa. Eine Feigheit — Pfui!

Max. Liebe Mama — solltest Du Dich nicht irren? Ich glaube, daß Schwiegervater unschuldig — denn ich —

Clotilde. Ich hab's doch selbst gesehen! Du bist ein guter Mensch, daß Du den Mann, der Dich in solchen Verdacht gebracht hat, noch herausreden willst.

Max (macht währenddem Heyden und Elsa verständlich, daß er ja alles bekennen wollte, daß die Schwiegermutter ihn nicht zu Worte kommen läßt).

Clotilde. Ich lasse mich scheiden —

Louise und Max. Aber Mama — !

Clotilde. Jawohl — die ganze Welt soll diesen Ehrenmann kennen lernen! Und wie fein er es eingefädelt hatte, sogar den Detectiv hat er bestochen! So, daß dieser Max beschuldigte. An mein Herz, t h e u r e r Schwiegersohn! (Dieser läßt sich mit undefinirbarem Ausdruck von beiden Damen wiederholt umarmen) Sie armes Unschuldslamm!

Louise (umarmt Max von der anderen Seite) Märchen — v e r z e i h e mir — Nie wieder soll ein Verdacht dich drücken!

Clotilde. Dem Schuldigen aber — Rache! Rache — denn es ist zu schändlich!

## Fünfte Scene.

### Vorige, Prczsinski.

Prczsinsky (von links hinten; in langer blonder Perrücke) Verzeihen Sie — ich wollte —

Clotilde. Ah — der Herr Kumpan meines edlen Mannes — Sie sollten sich etwas schämen —

Prczsinsky. B — b — b — b — bitte sehr!

Clotilde. Uns falsche Berichte zu bringen!

Preszinsky (will reden, kann vor Aufregung nicht) B —
b — b — bitte, ich —

Louise (von der anderen Seite) Meinen guten unschuldigen
Mann zu verdächtigen!

Preszinsky. Der u — u — u — unsch —

Max (schreit ihn an) Pfui Teufel, mein Herr!

Preszinsky (macht die tollsten Anstrengungen, um reden zu
können) M — m — m — m m —

Max. Das ist nicht wahr!

Clotilde. Wie alles gelogen ist! Sie stecken mit meinem
Mann unter einer Decke — Sie lassen sich von zwei Seiten
bezahlen — aber Sie sollen mich kennen lernen — ich — ich
— ha! Mir wird so schwach — ach, diese Auf — regung!
(sinkt in Ohnmacht auf den Puff am Sophatisch).

Louise. Mamachen!

Elsa. Um Gotteswillen, sie ist ohnmächtig!

Heyden. Schnell — Wasser — Essig!

Max (zu Preszinsky) Hinaus, Bursche! Daß Sie mir
diese Schwelle nicht mehr überschreiten! Ich hole einen Arzt!
(schnell rechts ab.)

Clotilde (erwachend) Nein, nein — es ist nicht nöthig
— führt mich nur in meine Wohnung! — Ach dieser Mann,
er ist noch mein Tod!

Louise (führt sie) Komm nur, Mamachen! (mit Clotilde
nach unten ab.)

Elsa. Beruhigen Sie sich nur, gnädige Frau!

Heyden. Es ist vielleicht doch nicht so schlimm! (Elsa
und Heyden vorn rechts ab.)

Preszinsky (allein, wüthend) Der Teufel soll da noch
Detectiv sein! Nichts — nichts wie Vorwürfe — vom Chef,
wie von den Kunden! — Ich geb's auf! — Jetzt muß ich
noch hier die Briefe des Fürsten Lansky abliefern — der
Mann sucht sein Kind. So'n Fürstenkind hat's gut! — Halt,
eine Idee! Wenn ich dem Mann ein Kind verschaffte, er
würde mich hoch belohnen — ich kenne die ganze Sache! —
Er soll sein Kind haben! (zieht währenddem zwei Briefe aus dem
Packete, steckt sie ein.)

Max (kommt von rechts zurück) So, der Arzt ist telephonisch
bestellt! (sieht Preszinsky) Unglücksmensch — wie, Sie sind
noch da?

Preszinsky. Wie konnten Sie mich einen L — L — L — L — Lügner nennen und mir die Thür zeigen?

Max. Hier haben Sie zwanzig Mark. Nun machen Sie aber, daß Sie fortkommen!

Preszinsky. Ich habe Ihnen b — b — b — diese Briefe abzugeben —

Max (sieht die Briefe an) Wie? — Das sind ja die Liebesbriefe des Fürsten Lansky? Ach, da sind Sie wohl aus dem Müller'schen Detectivbureau? Sie waren mit den Recherchen betraut? —

Preszinsky. Ja — Jawohl!

Max. Und mich zu überwachen waren Sie auch beauftragt.

Preszinsky. Jawohl!

Max. Kommen Sie in mein Bureau, daß Sie hier Niemand mehr sieht. (Im Abgehen für sich.) Das Stillschweigen dieses Kerls muß ich kaufen!

## Sechste Scene.

**Hoffmann,** dann **Max** dann **Secretair.**

Hoffmann (kommt ganz geknickt, Cylinder in's Gesicht, sieht sich scheu überall um). Niemand da? Gott sei Dank! (wankt auf den Stuhl beim Nähtisch und läßt sich fallen). Ich kann nicht mehr! Was fang ich nur mit meiner Alten an? Ach die verzeiht mir nie!

Max (kommt von rechts zurück). Wer ist denn — (sieht Hoffmann sitzen.) Schwiegervater!??

Hoffmann (fährt auf). Ach, Du bist es!?

Max (steht kopfschüttelnd vor ihm). Was hast Du nur für Dummheiten gemacht?! Deine Frau ist ja ganz außer sich!

Hoffmann. Du willst mir Vorwürfe machen — Du, der Du mich in diese Patsche gebracht hast?!

Max. So! Habe ich Dir geheißen, den Vater von der Oliva vorzustellen?

Hoffmand. Pscht!!! Nicht so laut!! Schließlich war es doch ein Glück, daß ich Hans dadurch abgehalten habe, Dummheiten zu machen!

Max. Schwiegervater, da hast Du ja gleich die schönste Ausrede von der Welt!

Hoffmann. Welche denn?

Max. Nun Du sagst einfach Deiner Frau, Du hast Dich nur zu diesem Spiel hergegeben, um Hans aus den Händen dieser Oliva zu retten!

Hoffmann. Famos! Max, Du bist doch ein genialer Kerl! Oho! Jetzt soll sie nur kommen — jetzt bin ich gewappnet!

Max. Wie steht es denn aber mit der Hauptsache! Zieht sie aus, die Oliva?

Hoffmann (wieder kleinlaut). Ach so — ja — das habe ich in dem Trubel ganz vergessen!

Max. Aber, Du Unglücksmensch — das war doch die Hauptsache! Louise will durchaus die Villa sehen — dann kommt ja doch alles heraus!

Franz (von links mit Karte).

Max. Baron von Sternthal.

Hoffmann. Der Secretair?! Herein mit ihm!

Franz (läßt Sternthal eintreten, dann ab).

Secretair. Guten Tag!

Hoffmann (sehr cordial auf ihn zu). Ach, mein lieber Secretair — Sie schickt mir der Himmel — Sie —

Secretair (sehr reservirt). Bitte!! Bitte!!

Max. Welchen Auftrag haben Sie auszurichten — — Secretairchen?

Secretär (wie oben). Bitte! Bitte! Meine Herren, vor Ihnen steht der Baron von Sternthal!

Hoffmann. Na ja, das wissen wir ja! Mit uns brauchen Sie doch diese Zicken nicht zu machen, lieber Secretair!

Secretair. Pardon! Es giebt keinen Secretair mehr!

Max. Hat Sie die Oliva entlassen?

Secretair (sehr stolz). Ich bin der Bräutigam von Oliva. Ich erhebe sie zur Baronin von Sternthal!

Hoffmann. Ach nee?!

Max (förmlich). Meine herzlichste Gratulation, lieber Baron!

Hoffmann. Auch die meinige, — Herr Secre — eh — Herr Baron!

Secretair. Wir werden noch heute Berlin verlassen, um uns in England trauen zu lassen.

Max. Ach das ist reizend von Ihnen!

Hoffmann. Wirklich nett!

Als Manuscript gedruckt.

Secretair. Ja, — ich hätte nun nur noch wegen des Verkaufs der Villa mit Ihnen zu reden.

Hoffmann. Ich lege noch 10000 Mark zu als Hochzeits=geschenk, wenn Sie wollen!

Secretair. Ach, sehr liebenswürdig!

Max. Kommen Sie nun auf mein Bureau, da können wir alles abmachen. (bei Seite) Der Alte legt am Ende in seiner Freude noch mehr zu!

Hoffmann. Ja, — mache nur Alles in Ordnung! (zum Secretair) Herr Baron, ich wünsche gute Reise und meine Empfehlung an die Oliv — ah — an die Frau Baronin in spe.

Secretair. Ich werde meiner Braut Ihre Abschieds=grüße übermitteln.

Max. Kommen Sie nur schnell!

Hoffmann. Sie könnten sonst den Zug versäumen!

Secretair. Sie sind wirklich zu besorgt, meine Herren. Ich hoffe dann später das Vergnügen zu haben! (Ab mit Max rechts.)

Hoffmann. Da kannst Du lange darauf lauern, mein Junge. — Gott sei Dank, daß die Sache auch in Ordnung ist! Nun bin ich fein 'raus! Nun möcht' ich den sehen, der mir noch was anhaben könnte!

## Siebente Scene.
### Hoffmann. Fürst.

Fürst. Ah — sieh da, Capitain — was machen Sie hier —?

Hoffmann (für sich). Allmächtiger, wie kommt der Unglücksmensch hierher?

Fürst. Ist Doctor Werner auch Ihr Rechtsanwalt?

Hoffmann. Mein Rechtsanwalt? Jawohl, der ist mein Rechtsanwalt! Was wollen Sie denn bei dem?

Fürst. Ach, wollt' ich ihm nur sagen — daß er Nach=forschungen nach meinem Kind aufgeben soll — ich habe es schon selbst gefunden.

Hoffmann. Ach so, — Oliva.

Fürst. Aber nein, keine Tochter, — sehr nicht, — Oliva die lasse ich Ihnen!

Hoffmann. Sehr gütig!

Fürst (sehr stolz). Ich habe einen Sohn — jawohl, einen Sohn! — Männlichen Geschlechts —

Hoffmann. Ach — ist wohl nicht möglich!

Fürst. Aber gewiß! Jener junge Mann, welcher Oliva heirathen wollte — das ist mein Sohn — mein herrlicher Sohn!

Hoffmann. Wer? — Hans —

Fürst. Jawohl, Hans — ein sehr schöner Name — und diesmal ist kein Irrthum möglich! — Er hat Oliva den Ring geschenkt, — den echten Ring mit meinen Initialen, den ich selbst meiner geliebten Clotilde einst geschenkt habe.

Hoffmann. Wie hieß Ihre Geliebte? Clotilde?

Fürst. Ja, ich habe meinen Sohn hierher bestellt zu meinem Rechtsanwalt — er will mir bringen seine Mutter, meine einst so heißgeliebte Clotilde!

Hoffmann (für sich). Das ist doch unglaublich! (auf ihn zu) Herr, wie können Sie es wagen —

Fürst. Aber was regen Sie sich denn auf, Capitain — geht Sie doch ganze Sache nichts an!

Hoffmann (bricht los). Mich geht die — (nachdenklich) — da haben Sie eigentlich ganz recht — hm! hm! (von einem Gedanken erfaßt) Wie lange ist das her?

Fürst. Oh, — schon so 20 Jahre!

Hoffmann (für sich). Dann geht mich ja die ganze Sache wirklich nichts an — dann hat er ja meinen Vorgänger betrogen, den Musterehemann! (Vergnügt sich die Hände reibend.) Dem Kerl gönne ich das!!!

Fürst. Sie freuen sich auch über mein Glück — oh, Sie sind — ein guter Mensch!

Hoffmann. Jawohl, ich freue mich — hehe! (für sich) Jetzt habe ich einen Trumpf in der Hand gegen meine Frau — jetzt werde ich mal auftreten, mich rächen für all die unterdrückten Jahre meines Lebens!

Fürst (schwärmerisch) O meine Clotilde! War sie schön!

Hoffmann (für sich) Das ist Geschmackssache!

Fürst. Und so liebenswürdig — so sanft — oh, ihr holdes Bild schwebt mir stets vor Augen!

Hoffmann. Von Schweben ist bei ihr gar keine Rede mehr. Na, Sie werden Ihre Freude haben!

Fürst. Hab' ich schon — hab' ich große Freude — und Sie freuen sich auch, wie ich sehe! Danke ich Ihnen! (drückt ihm die Hand.)

Hoffmann. Natürlich, ich freue mich mehr wie Sie glauben und Clotilde wird sich erst freuen!.

Fürst. So, meinen Sie?

Hoffmann. Aber riesig. Wir werden uns alle freuen! Auf Wiedersehen, Fürst. (im Abgehen für sich) Jetzt zittere, Weib! Potz Steuer und Backbord. (ab links).

## Achte Scene.

### Fürst, Hans.

Fürst (ihm nachsehend) Ein guter Mensch, dieser alte Oliva!

Hans (von links.)

Fürst (ihm mit ausgebreiteten Armen entgegen) Da bist Du ja endlich — mein lieber Sohn!

Hans (wüthend) Fangen Sie schon wieder mit Ihrem Unsinn an? — Ich bin nicht Ihr Sohn!

Fürst (immer strahlend) Aber — muß ich doch besser wissen!

Hans (wüthend) Herr!

Fürst. Hast Du Deinen Vater gekannt?

Hans. Nein!

Fürst. Nun also?!

Hans (wüthend) Herr! Jetzt Finale! Ich habe es satt! Sie sind ein Unverschämter!

Fürst (freudig) Wie schön er ist in seinem Zorn! Ganz mein Temperament!

Hans (fortfahrend) Von einem Narren läßt man sich ja viel gefallen — aber Sie beleidigen meine Mutter!

Fürst. Brillant!!! So hab' ich mir meinen Sohn immer geträumt!

Hans. Herr, prallt denn jede Beleidigung an Ihnen ab?! — Hinaus!

Fürst. Sehr gut! Sehr gut!!! Er zeigt seinem Vater die Thüre! Komm laß Dich umarmen!

**Hans.** Lassen Sie mich in Ruh'! Ich hole jetzt meine Mutter und dann werden Sie diese um Verzeihung bitten, oder ich züchtige Sie, wie es Ihnen geziemt! (wüthend ab nach unten).

## Neunte Scene.

### Fürst dann Prezsinsky.

**Fürst** (ihm nachblickend) Wie schön er ist in seinem Zorn — ganz mein Ebenbild — wie bin ich zu beneiden um solchen Sohn! Wie wird er sich erst freuen, wenn er hört, daß ich wirklich sein Vater —

**Prezsinsky** (tritt rechts ein.)

**Fürst.** O, er soll glücklich sein — ich werde ihm geben Alles was ich habe — er soll haben Alles was ich habe — er soll haben meine Güter — meine Pferde — meine Millionen — meinen Namen — er soll alleiniger Erbe sein von Bogumil Lansky!

**Prezsinsky** (hat Alles gehört und sich gefreut, ganz tragisch) B — B — Bogumil L — L — Lansky — kennen Sie den?

**Fürst** (dreht sich um) Das bin ich selber!

**Prezsinsky** (tragisch mit ausgebreiteten Armen auf den Fürsten zugehend) P — P — Papa! Mein lieber P — P — P — Papa!

**Fürst** (retirirt ängstlich hinter einen Tisch) Was will dieser ekelhafte Kerl von mir?

**Prezsinsky.** Ich s — s — s — suche Dich ja schon so lange, mein lieber P — P — Papa! Ich bin ja Dein Sohn!

**Fürst.** Sehr gut! (lacht) Eben hat mich mein edler Sohn verlassen und jetzt behauptet dieser, er sei mein Sohn — Sie sind ein Schwindler! ein ekelhafter Kerl! pfui!

**Prezsinsky.** Aber P — P Papa!!

**Fürst.** Kommen Sie mir nicht in die Nähe, Sie unangenehmes — (wedelt ihn mit dem Taschentuch ab) Subjekt! (weicht nach vorn zurück.)

Als Manuscript gedruckt.

Preszinsky. R — r — regt sich denn die Stimme der Natur nicht in Dir?

Fürst. Nein! In mir regt sich nur der Wunsch, daß Sie mich so schnell als möglich verlassen! Hinaus!

Preszinsky. Aber P — P — Papa? Verlassen? Nachdem ich Dich endlich gefunden?! (zieht die beiden Briefe heraus) Du willst Dein K — Kind verleugnen? Verleugnest Du auch diese Briefe?

Fürst. Was, — Briefe —? Geben Sie — halt! (zieht sich seine Handschuhe erst an) — Jetzt geben Sie! — (faßt die Briefe mit spitzen Fingern an, erschrocken) Allmächtiger — das sind Briefe von mir an Clotilde!!!

Preszinsky (zieht sein Taschentuch, trocknet sich die Augen). M — M — Meine gute Mutter — auf ihrem Sterbebette gab sie mir diese B — Briefe und einen Ring.

Fürst. Was für einen Ring?

Preszinsky. Ein blaues Herz mit Diamantpfeil — ich habe ihn leider aus Not verkaufen müssen!

Fürst (starrt ihn an — starrt die Briefe an). Entsetzlich — er ist wirklich mein Sohn! — Diese Jammergestalt — dieser ekelhafte Kerl — Pfui, ich muß mich was schämen!!

Preszinsky (bittend). P — P — Papa!!

Fürst (zuckt zusammen). Gräßlich!! Wie schauderhaft mein Sohn aussieht! — (giebt ihm mehrere Hundertmarkscheine mit zwei Fingern.) Da; — nimm!

Preszinsky (greift zu).

Fürst (zuckt zusammen). Kaufe Dir vor Allem einen anständigen Anzug und Wäsche!

Preszinsky. Ist denn der Papierkragen schon schmutzig?

Fürst. Nix' Papier! Ordentliche Wäsche!

Prezinsky (will fort). S — S — S — f — rt, — P — P — Papa! (will auf ihn zu.)

Fürst (ihm nachrufend). Und noch Eins!! — Laß Dir die schrecklichen langen Haare schneiden!

Preszinsky. Alles was Du willst, lieber P — Papa! (will auf ihn zu.)

Fürst (retirirt). Nein, erst geh' baden und ziehe Dich anständig an! Dann komm' wieder her!

Preszinsky. W — W — Wie Du befiehlst, lieber P — P — Papa! (ab links.)

Fürst (schüttelt den Kopf). Entsetzlich! So habe ich mir meinen Sohn nicht geträumt! Und wie er mir garnicht ähnlich sieht! (schaut in einen Spiegel über den Kamin.) Garnicht ähnlich. Meine edle Nase — gar nicht. Meine feurigen Augen — gar nicht. Meine aristokratische Haltung, — und doch ist mein Sohn — ich muß aber doch mich wirklich schämen! (ab rechts.)

## Zehnte Scene.

### Hans. Clotilde, dann Hoffmann.

Hans (von unten mit Clotilde kommend). Rege Dich nicht so auf, liebe Mama, piano, immer pianissimo!

Clotilde. Wo ist der Unverschämte?! Der es wagt—

Hans (sieht sich um). Wo ist er denn geblieben? Sollte er bei Max im Bureau sein?

Clotilde. Schaffe mir diesen Menschen sofort zur Stelle — ich zittere vor Wuth!

Hans. Gleich Mamachen — ich suche ihn, er kann nicht weit sein (ab rechts.)

Clotilde. Oh, kann halte ich mich — erst mein Mann, und nun diese neue Beleidigung!! Hätte ich nur Jemand, an dem ich meine Wuth auslassen könnte! Wehe dem, der mir jetzt in den Weg kommt!

Hoffmann (von links). Aha, da ist sie! (giebt sich einen Ruck, schlägt die Arme unter, sehr dramatisch,) Madame!

Clotilde. Ah — mein Mann!! (wüthend auf ihn los.) Du Elender wagst es noch, mir vor die Augen zu treten!?!

Hoffmann (wie oben). Madame!

Clotilde. Was?! Statt reumüthig um Verzeihung und Gnade zu bitten, willst Du hier noch anstreten?!

Hoffmann. (wie oben) Madame!

Clotilde. Oh, mit Deiner Frechheit imponirst Du mir nicht! Du hast wohl nicht mit dieser Oliva verkehrt?

Hoffmann. Jawohl, das habe ich!!

Clotilde. Du hast wohl nicht ihren Vater gespielt??

Hoffmann. Jawohl! das habe ich!

Clotilde. Und das gestehst Du so ruhig ein? Schämst Du Dich nicht, Du Casanova?

Hoffmann. Schämen? — Ich!? — Madame Sie sollten sich was schämen!
Clotilde (in höchster Wuth, ringt nach Worten). Ich?!?
Hoffmann. Ja, Madame! Ich habe das Alles gethan, um Ihren Sohn aus den Händen dieser Oliva zu befreien, um Hans die Augen zu öffnen —
Clotilde. Wie?!? — Deshalb — ?
Hoffmann. Gewiß! Aber Sie, Madame, haben mich Jahre lang auf das Schändlichste betrogen!!
Clotilde. Was, ich?! — Betrogen?
Hoffmann. Jawohl! Sie haben einen Geliebten gehabt, Madame!
Clotilde. Was? — Ich einen Geliebten?!?
Hoffmann. Jawohl! Dein seeliger Gatte würde sich im Grabe umdrehen, wenn er erführe, daß Hans nicht sein Sohn ist!!
Clotilde. Kommst Du mir auch mit dem Unsinn! welcher elende Verleumder hat das behauptet?
Hoffmann. Oh, ein Ehrenmann — ein Cavalièr — an dessen Worten nicht zu zweifeln ist — Fürst Bogumil Lansky!
Clotilde. Was, schon wieder dieser Fürst?

## Elfte Scene.

**Vorige. Hans. Fürst. Max,** dann **Louise** von links.

Hans (von rechts). Hier ist meine Mutter — nun entschuldigen Sie sich!
Fürst. Verehrte Gnädige —
Clotilde (in höchster Wuth ihm an die Kehle springend). Herr, Sie wagen es zum zweiten Male meine Ehre anzugreifen!? Weshab soll ich denn durchaus Ihre Geliebte sein? Können Sie denn durchaus keine Andere finden? Ich war nicht Ihre Geliebte — bin nicht Ihre Geliebte und werde niemals Ihre Geliebte werden! Das schwöre ich Ihnen!
Fürst (ist ängstlich hinter einen Tisch retirirt). Aber ich mache ja auch gar keinen Anspruch darauf!
Louise (von links). Was geht denn hier vor?
Max (geht zu ihr und erklärt ihr).

Clotilde. (auf den Fürsten los). Haben Sie nicht behauptet, ich sei Ihre Geliebte?

Hoffmann (ebenso). Haben Sie nicht gesagt, Hans sei Ihr Sohn?

Hans (ebenso). Haben Sie nicht gesagt, Sie wären mein Vater?

Fürst. Aber, meine Herrschaften, warum diese Aufregung? — War Irrthum — geht Sie ja garnichts an die ganze Geschichte — Hab' ich leider meinen richtigen Sohn gefunden!

Max. Na, Gott sei Dank!

Clotilde. Nun werden Sie hoffentlich unsere Familie verschonen.

Hoffmann. Mehr Kinder haben wir nämlich nicht!

Fürst. Brauch' ich auch jetzt nicht mehr!

## Zwölfte Scene.

Vorige. Preczinsky (von rechts vorn.)

Preczinsky (im auffallendsten Gigerlkostüm, in schwarzer Malcontentperrücke).

Fürst (fortfahrend). Da ist er!

Preczinsky. P-P-Papa — wie gefall' ich Dir?

Alle (lachen fürchterlich). Der? — Der Detektiv?

Fürst. Mensch, wie siehst Du aus?! — Hast Du Dir die Haare färben lassen?! (für sich) Einfach ekelhaft!!

Max. Sind Sie denn nun auch ganz sicher, daß es diesmal Ihr wirklicher Sohn ist?

Fürst. Leider! Hat er mir untrügliche Beweise gegeben. Hier die Briefe von meiner geliebten Clotilde —

Max. Die hat der Kerl ja aus Ihrem Packet gestohlen! (zieht das Packet heraus) Das sind die beiden Briefe, die mir gefehlt haben!

Preczinsky (für sich). Oh weh!! — es geht schief!

Max (zu Preczinsky). Gestehen Sie, oder ich hole die Polizei!

Preczinsky. Es ist so!

**Als Manuscript gedruckt.**

Fürst. Du bist nicht mein Sohn? Hurrah! (geht auf ihn los) Hurrah!!

Przsinsky (retirirt ängstlich).

Fürst. Laß' Dich umarmen! Diese Freude, daß Du bist nicht mein Sohn, ist zu groß — ich muß Dich belohnen — da hast Du Geld — laß Dir Deine Haare wieder wachsen!!

Hoffmann. Aber jetzt hinaus!

Fürst. Ach meine Herrschaften, was bin ich so glücklich, daß der schreckliche Mensch ist nicht mein Sohn.

Max. Aber Fürst, nun haben Sie wieder keinen Sohn.

Fürst. O, wer weiß?!! Noch ist Polen nicht verloren!


Ende.